Gustav Brunner

Das Ohr im gesunden und kranken Zustande

Antigonos

Gustav Brunner

Das Ohr im gesunden und kranken Zustande

Unveränderter Nachdruck der Originalausgabe von 1867.

1. Auflage 2024 | ISBN: 978-3-38613-941-0

Antigonos Verlag ist ein Imprint der Outlook Verlagsgesellschaft mbH.

Verlag: Outlook Verlag GmbH, Zeilweg 44, 60439 Frankfurt, Deutschland, info@outlook-verlag.de
Vertretungsberechtigt: E. Roepke, Zeilweg 44, 60439 Frankfurt, Deutschland
Druck: Libri Plureos GmbH, Friedensallee 273, 22763 Hamburg, Deutschland

(z. B. g) möglichst rein, so wird ihn die Guitarre an b
wiederholen; singt er aber irgend einen andern Ton,
sie stumm. Dieser Versuch, den Jedermann anstellen
klärt sich so: Die Erschütterung der Luft, d. h. die Schwi
derselben, welche durch das Singen von g entstehen, sch
beiden Fällen an die Saiten der Guitarre, aber sie vern
nur dann in erhebliche Schwingungen zu versetzen, n
Schwingungstakt Beider derselbe ist. Durch das Sir
g werden der Luft 198 Stöße in der Sekunde beigebr
rade so viel, als die G-Saite macht, wenn sie in Bewe
setzt wird. Stellen wir uns vor, der erste Stoß der
die Saite in eine ganz geringe Bewegung gesetzt — ii
heblich kann dieselbe natürlich nicht ausfallen — so n
Bewegung bald erlöschen, wenn sie nicht durch die
Luftstöße wieder Nahrung erhielte. Dies ist aber nur
Fall, wenn die folgenden Stöße genau mit den Bewegu
Saite zusammenfallen, d. h. genau denselben Takt habe
derselben Richtung erfolgen. Nur dadurch können die
unerheblichen Schwingungen der Saite so verstärkt wer
ein hörbarer Ton entsteht. Bei jeder anders gestimmt
wird dies nicht der Fall sein — man denke an den ver
Gang zweier Uhren oder zweier ungleich langer Pende
wird ein folgender Luftstoß möglicherweise mit der sch
Saite in entgegengesetzter Richtung zusammenstoßen, wc
Bewegung der Saite nicht gefördert, sondern gehemmt
bald erlischt.

Noch schöner läßt sich dieser Versuch anstellen, we
einem Zimmer zwei gleichgestimmte Klaviere hat. Je
den man auf dem ersten Klavier anschlägt, hört mau
zweiten von selbst wiederklingen, alle andern Saiten
Ruhe[1]). Man kann beliebig viele Saiten zugleich a
und man wird finden, daß genau dieselben Saiten
zweiten Klavier mitklingen.

---

[1] Natürlich muß dabei die Dämpfung auf dem zweiten Kla
sein, damit die Saiten frei schwingen können.

Das Ohr

im

gesunden und kranken Zustande.

Allgemeinfaßliche Darstellung

von

dem Bau und den Krankheiten des Ohres

mit besonderer Berücksichtigung

der Schwerhörigkeit und deren Verhütung.

Von

Dr. med. Gustav Brunner,

praktischer Arzt und Ohrenarzt in Neumünster bei Zürich.

Mit Abbildungen.

Zürich,
Verlag von S. Höhr auf Petershofstatt.
1867.

Vorwort.

———

Bis vor wenigen Jahren wurde die Ohrenheilkunde von den Aerzten im höchsten Grade vernachläßigt, und in Folge dessen hat sich die Meinung, daß mit Ohrenleiden nichts anzufangen sei, im Publikum so festgesetzt, daß sie uns heute noch hinderlich in den Weg tritt.

Bei keinen andern Krankheiten wird der Arzt später zu Rathe gezogen als bei Ohrenleiden, besonders wenn dieselben, wie es häufig geschieht, ohne alle Schmerzen verlaufen. Namentlich auch bei Kindern ist man gegen beginnende Schwerhörigkeit viel zu gleichgültig und versäumt so die Zeit, wo das Uebel noch heilbar ist. Das Auge hat von jeher mehr als das im Knochen verborgene Ohr Interesse erweckt, und doch ist der Bau des letztern nicht weniger kunstreich. Möge das folgende Schriftchen dazu beitragen, die Kenntniß von der wundervollen Einrichtung unseres Ohres, sowie von der Pflege und den Krankheiten desselben in immer weiteren Kreisen zu verbreiten, und dadurch manchem schädlichen Vorurtheile entgegentreten.

Neumünster bei Zürich, im April 1867.

Dr. G. Brunner.

I. Kapitel.

Das Ohr im Allgemeinen.

Die Sinne sind, wie Jedermann weiß, die Organe, durch welche die Seele in den Stand gesetzt wird, sich von den Vorgängen in der äußeren Körperwelt Kenntniß zu verschaffen; sie sind gleichsam die Fühlhörner, die wir nach allen Richtungen ausstrecken, um uns in unserer Umgebung zu orientiren. Unter ihnen nehmen der Gesichts- und Gehörsinn den ersten Rang ein, und mit Recht, denn obgleich wir dem Schöpfer für alle fünf Sinne zu Dank verpflichtet sind, so können wir doch den Verlust des Geruches oder Geschmackes oder selbst des Gefühles viel leichter verschmerzen, als den Verlust des Gesichtes oder Gehöres. Ob aber dem Auge oder dem Ohre der erste Rang gebühre, das scheint mir eine müßige Frage zu sein. Beide sind unsere unentbehrlichen Diener, beide leisten uns — nur nach andern Richtungen — gleich wichtige Dienste. Allerdings ist das Auge, in dem die ganze Außenwelt sich abzeichnet, recht eigentlich der Repräsentant der Sinne, und sein wundervoller Bau hat schon von jeher die Aufmerksamkeit der Menschen erregt; aber nicht weniger wundervoll, nur weniger gekannt ist der Bau des Ohres, und nicht weniger wichtig, obgleich weniger beachtet, sind die Dienste, die es uns leistet. Man kann wohl behaupten, daß zur Ausbildung unserer geistigen und moralischen Anlagen das Ohr uns mehr behülflich ist, als das Auge, indem es uns den geselligen Verkehr, die Mittheilung unserer Gedanken durch die Sprache ermöglicht. Wie unendlich schwierig und unvollkommen ist die Erziehung eines Kindes ohne dieses mächtige Hülfsmittel! Es ist ja bekannt, daß taub geborene Kinder meist etwas Wildes, Unbändiges, gleichsam etwas Thierisches an sich haben — die geistige Natur des Menschen, weil nicht geübt, tritt bei ihnen mehr und mehr zurück, oder vielmehr entwickelt sich nicht, und die körperliche erlangt das Uebergewicht. Glücklicherweise ist es der unermüdeten Thätigkeit der Taubstummenlehrer gelungen, das traurige Loos dieser Armen zu mildern. Aber auch der erst später taub gewordene, der den bildenden, veredelnden Einfluß der Erziehung noch genossen hat und dem wenigstens die Sprache geblieben ist, um die eigenen Gedanken mittheilen zu können, wie sehr ist er zu bemitleiden! Es muß ihm zu Muthe sein, wie dem Wanderer auf hoher Bergesspitze in der Einsamkeit der Natur, wo kein Laut mehr an sein Ohr dringt. Die ganze Natur ist für ihn verstummt, er hört nicht mehr das Murmeln des Baches, das Zwitschern der Vögel, das Säuseln der Blätter und wie die kleinen Geräusche alle heißen, die wir erst vermissen, wenn wir sie nicht mehr hören. Keine Musik, kein erhebender Gesang erheitert oder tröstet sein Gemüth, kein freundliches, aufmunterndes Wort dringt mehr an sein Ohr, der belebende, zerstreuende Einfluß der Gesellschaft mangelt ihm, und selbst der Umgang im engern Kreise der Freunde und Bekannten, aus dem wir so viel Belehrung und Unterhaltung schöpfen, ist ihm erschwert.

Das Ohr ist der treue Gehülfe des Auges, es ergänzt dasselbe in mancher Hinsicht, es gibt uns Kunde von Bewegungen der Körper, die wir mit dem Auge nicht vernehmen können, es warnt uns vor mancher Gefahr u. s. w.

Wie das Auge die Lichtstrahlen, so soll das Ohr die Schallwellen aufnehmen und durch den Hörnerven zum Gehirn und zur Seele leiten. Was versteht man aber unter Schallwellen?

Wenn wir die gespannte Saite einer Guitarre greifen, d. h. durch Zerrung aus ihrer Gleichgewichtslage bringen, so schwingt ihre Mitte zwischen den befestigten Endpunkten hin und her, und setzt die angrenzenden Lufttheilchen ebenfalls in schwingende Bewegung. Diese werden nämlich von der Saite fortgestoßen und stoßen ihrerseits ihre Nachbarn an, finden aber dabei einen Widerstand, der sie zuletzt zwingt umzukehren und in der entgegengesetzten Richtung zurückzuschwingen, wie das Pendel einer Uhr, welches, aus seiner Gleichgewichtslage gebracht, eine Zeit lang hin und her schwingt. Die Schwingungen der Lufttheilchen erfolgen im selben Tempo, wie die der Saite, und breiten sich gleichförmig nach allen Richtungen aus, wie die kreisförmige Welle, die im Wasser entsteht, wenn man einen Stein hineinwirft. Diese nach allen Richtungen sich fortpflanzenden Schwingungen der kleinsten Theilchen der Luft sowohl als der festen oder flüssigen Körper heißt man Schallwellen — wegen der Aehnlichkeit, welche die Bewegung mit der soeben angeführten Wasserwelle hat, und weil sie im Ohr eine Schallempfindung hervorruft.

Wir können die Schwingungen einer Saite oder eines gespannten Bindfadens, wenn sie nicht zu schnell erfolgen (z. B. einer Baßsaite), nicht nur hören, sondern auch sehen und fühlen. Wie unendlich verschieden sind aber die drei Empfindungen: das Hören des Tones, das Sehen der hin= und herschwingenden Bewegung der Saite und das zitternde Gefühl des dieselbe berührenden Fingers von einander und doch sind sie alle durch dieselben Schwingungen der Saite hervorgebracht!

Die Ursache dieser Verschiedenheit der Empfindungen liegt weder in einer besonderen Einrichtung der Sinnesorgane noch ihrer Nerven oder des Gehirns; sie muß vielmehr als etwas von Anfang an Gegebenes, der Seele Eigenthümliches betrachtet werden, und ist eben so unerklärbar als alle andern Seelenthätigkeiten.

Wir wissen, daß die Vorgänge im Nerven, wenn derselbe auf irgend eine Art erregt wird, elektrischer Natur sind, wir wissen ferner, daß sie in allen Nerven, im Sehnerven wie im Hör= oder den Gefühlsnerven dieselben sind, und doch haben wir, wenn der Sehnerv gedrückt oder auf irgend eine andere Art gereizt wird, stets eine Lichtempfindung, nie Schmerz, beim Hörnerven stets eine Schallempfindung u. s. f.

Man unterscheidet zwei Arten von Schallempfindungen, Töne und Geräusche. Die erstern werden hervorgebracht durch die oben beschriebenen regelmäßigen, d. h. periodisch wiederkehrenden Schwingungen, die letztern dagegen durch nicht periodische Bewegungen. Für die Wahrnehmung beider besitzen wir höchst wahrscheinlich besondere Apparate im Ohr. An dem Tone unterscheiden wir außer seiner Stärke noch seine Höhe und Tiefe und den verschiedenen Klang (z. B. der Saiteninstrumente gegenüber ben Blasinstrumenten). Je langsamer die Schwingungen des tönenden Körpers sind, desto tiefer ist der Ton. Töne, die weniger als 16 Schwingungen in der Sekunde entsprechen, werden indessen nicht mehr deutlich wahrgenommen, ähnlich verhält es sich mit Tönen, die mehr als 38000 Schwingungen in der Sekunde machen. Unser Ohr ist, wie wir sehen werden, für ihre Wahrnehmung nicht mehr eingerichtet. Innerhalb dieser Grenzen aber besitzt das Ohr ein merkwürdig feines Unterscheidungsvermögen: es gibt Musiker, welche zwei Töne noch von einander unterscheiden, die nur um 1/64 eines halben Toninterballes von einander verschieden sind.

Wir hören ferner die Töne in schnellster Aufeinanderfolge (z. B. einen Triller von 10 Anschlägen in der Sekunde), ohne daß sie sich stören. Die Bewegung im Ohr muß also möglichst schnell wieder zur Ruhe kommen, damit die Schwingungen des zweiten Tones nicht durch die Nachwirkung des vorhergehenden verändert werden.

Eine der bewunderungswürdigsten Eigenschaften des Ohres ist endlich seine Fähigkeit, auch das größte Tongewirre in die einzelnen, dasselbe zusammensetzenden Töne zu zerlegen. Man sollte denken, daß die verschiedenen, zu gleicher Zeit im Ohr eintreffenden Schallwellen daselbst nur Eine Schallempfindung hervorbringen würden, wie sie sich auf ihrem Wege zum Ohr zu einer Gesammtwelle vereinigen. Durch eine besondere Einrichtung ist aber das Ohr befähigt, diese Gesammtwelle wiederum zu zerlegen in die Einzelwellen, aus denen sie zusammengesetzt ist. Das Auge besitzt diese zerlegende Fähigkeit nicht, es sieht es der grünen Farbe nicht an, daß sie aus blauen und gelben Lichtstrahlen zusammengesetzt ist.

Man sieht, es war kein Leichtes, dem Ohre die Vollkommenheit zu geben, die es besitzt, sondern es bedurfte dazu Vorrichrichtungen von solcher Vollendung, daß sie uns mit Staunen und Bewunderung erfüllen.

II. Kapitel.

Bau und Verrichtungen des Ohres.

Um die Krankheiten des Ohres verstehen und würdigen zu
können, ist es vor Allem aus nöthig, sich mit dem Bau und
den Verrichtungen desselben vertraut zu machen.

Da es ohne Anschauung (von Präparaten oder Abbildungen) auch bei der
deutlichsten Beschreibung unmöglich ist, sich einen klaren Begriff von dem verwickelten Bau des Ohres zu verschaffen, so ersuche ich den Leser, bei der folgenden
Beschreibung die beigegebenen Abbildungen fleißig zu benutzen. Die Erklärung
der Figuren findet sich am Schlusse.

Man theilt das Ohr gewöhnlich in drei Abschnitte, in das
äußere, mittlere und innere Ohr. Zum äußern Ohr rechnet
man die Ohrmuschel, den äußern Gehörgang und das Trommel=
fell; das mittlere besteht aus der Paukenhöhle und der Eusta=
chischen Trompete; das innere Ohr, wegen seines verwickelten
Baues das Labyrinth genannt, zerfällt in den Vorhof, die
Bogengänge und die Schnecke.

Die Ohrmuschel, d. h. das äußerlich sichtbare Ohr ist wohl
Jedermann bekannt genug. Die Physiognomiker haben sich von
jeher erlaubt, aus der Form der Ohren Schlüsse auf den Geist
und Charakter ihres Inhabers zu ziehen! Plumpe, große, vom
Kopf stark abstehende Ohren kommen dabei übel weg, sie mögen
sich aber damit trösten, daß im Alterthum ein großes Ohr als
ein Zeichen starken Gedächtnisses galt und daß im Orient noch
heutzutage große Ohren als eine Schönheit betrachtet werden.

Aus der Ohrmuschel gelangt man in den äußeren Gehör=
gang, (a Fig. 2), welcher ungefähr 1″ lang und an seinem
Ende durch ein zartes Häutchen, das sogenannte Trommelfell,
vollkommen abgeschlossen ist, wie man dies in Fig. 1 und 2
deutlich sieht.[1] Flüssigkeit, ins Ohr gegossen, kann also nicht
weiter dringen als bis zum Trommelfell. Der Gehörgang hat

---

[1] Aeußerer Gehörgang heißt er zur Unterscheidung vom innern Gehör=
gang, einem viel engern und kürzern Kanal auf der Innenfläche des Schädels,
durch welchen der Gehörnerv vom Hirn her in den Knochen zum Labyrinth
dringt. Da von dem Letztern hier nicht weiter die Rede sein wird, so ist, wenn
ich schlechtweg vom Gehörgang spreche, damit immer der äußere Gehörgang
gemeint:

in seinem ersten Drittheil knorplige (t in Fig. 2), weiter nach innen zu knöcherne Wandungen. Die Haut, welche ihn auskleidet, ist dieselbe wie die Haut des Gesichtes; sie enthält zahlreiche kleine Drüsen, welche das Ohrenschmalz absondern.

Das Trommelfell (b in Fig. 1, 2, 3) — auch Paukenfell genannt — ist ein feines glänzendes Häutchen, nicht viel dicker als Postpapier, welches über das Ende des Gehörgangs ausgespannt ist, wie das Kalbfell über die Trommel. Es ist etwas nach einwärts, nach der Paukenhöhle zu gebogen und trennt dieselbe, wie bemerkt, vom Gehörgang.

Die Paukenhöhle (Fig. 1 h u. Fig. 3 i) ist eine Lücke im Knochen, welche nothwendig war, um die Gehörknöchelchen aufzunehmen und ihnen freie Beweglichkeit zu gestatten. Sie ist nicht groß, eine Kaffeebohne würde sie beinahe ausfüllen. Gegen den Gehörgang zu würde sie durch eine große runde Oeffnung offen stehen, wenn nicht in dieselbe das Trommelfell eingefügt wäre. An ihrer inneren Wand (Fig. 3 i), dem Trommelfell gegenüber, befinden sich zwei Löcher, das ovale und runde Fenster genannt, welche die Verbindung mit den Hohlräumen des Labyrinths herstellen, indem sie die dünne Knochenwand, welche beide von einander trennt, durchbohren. Beide Fenster sind durch feine elastische Häutchen, dem Trommelfell ähnlich, geschlossen. Außerdem steht die Paukenhöhle durch eine Oeffnung an ihrer vorderen Wand, welche in einen engen, über 1″ langen Kanal führt — den sog. Eustachischen Kanal (k in Fig. 1—3) oder die Eustachische Ohrtrompete [1] —, mit dem Rachen (s in Fig. 2) in Verbindung. Diese Verbindung war, da die Paukenhöhle von allen Seiten geschlossen ist, nothwendig, damit die Luft in derselben immer dieselbe Spannung, denselben Grad

---

[1] So heißt er nach dem Anatomen Eustachius, der ihn zuerst genauer beschrieben hat, und von der Aehnlichkeit seiner äußeren Form mit der einer Trompete oder richtiger gesagt mit einer Posaune (tuba). Es braucht indessen, wie bei vielen anatomischen Benennungen, eine reiche Phantasie, um die Aehnlichkeit zu begreifen; sie besteht einzig darin, daß der ziemlich langgestreckte Kanal sich gegen den Rachen hin erweitert, wie die Mündung einer Trompete oder Posaune (siehe Fig. 2). Da aber der Laie durch diese sonderbare Benennung leicht unwillkürlich zu irrigen Vorstellungen über die Bedeutung des Kanals verleitet werden könnte, so werde ich ihn nach dem Vorgange Anderer einfach als Eustachischen Kanal bezeichnen.

von Dichtigkeit zeige, wie die uns umgebende Luft. Wir werden darauf noch zurückkommen.

Die Gehörknöchelchen sind drei an der Zahl: Hammer, Ambos und Steigbügel genannt. (Fig. 2 zeigt sie in natürlicher Größe, Fig. 3 um die Hälfte vergrößert). Sie stellen die Verbindung zwischen dem Trommelfell und der Haut des ovalen Fensters her, indem sie zwischen beiden eine Brücke bilden. Es ist nämlich der Hammer am Trommelfell und der Steigbügel an der Haut des ovalen Fensters befestigt, (siehe Fig. 1); zwischen hinein ist der Ambos gestellt, der am einen Ende mit dem Hammer und am andern mit dem Steigbügel beweglich verbunden ist. Nur der Steigbügel hat genau die Form, die sein Name bezeichnet. Der Hammer besteht aus einem dünnen Stiel mit einer rundlichen Anschwellung oder Kopf an seinem Ende. Der Stiel ist der ganzen Länge nach mit dem Trommelfell verwachsen und steigt von oben nach unten bis zur Mitte desselben herab; der Kopf dagegen hat eine rundliche Gelenkfläche zur Verbindung mit dem Ambos, (siehe Fig. 3). Der Ambos gleicht eher einem Backzahn mit zwei Wurzeln, einer kürzern und einer längern. Die Krone zeigt (wie eine Zahnkrone) eine Aushöhlung, welche zur Aufnahme des Hammerkopfes bestimmt ist, die kürzere Wurzel dient zur Befestigung des Amboses, die lange aber steigt frei in der Paukenhöhle nach unten herab und steht hier unter einem rechten Winkel (vergleiche Fig. 1) mit dem Steigbügelknopf in Verbindung. Der Steigbügel ist ein niedliches Knöchelchen, ein wirklicher Steigbügel en miniature. Sein Fußtritt ist, wie bemerkt, mit der Haut, welche das ovale Fenster verschließt, verwachsen. Da aber das ovale Fenster einen größern Umfang hat, als der Steigbügeltritt, so bleibt rings um den letztern ein freier Raum übrig, welcher nur von der Haut des Fensters überspannt ist. Auf diese Weise ist die Beweglichkeit des Steigbügels gesichert. (Dieses Verhältniß ist am deutlichsten in Fig. 1 dargestellt). Die Paukenhöhle ist mit einer äußerst zarten Haut, einer Art Schleimhaut ausgekleidet, welche die innere Fläche des Trommelfells und die beiden Fenster überzieht und auch den Gehörknöchelchen ein Kleid gibt.

Zu erwähnen ist noch, daß auch 2 kleine Muskeln — die kleinsten im Körper — sich in der Paukenhöhle befinden, von denen der eine den Hammer, der andere (w in Fig. 3) den Steigbügel bewegen kann.

Nach innen von der Paukenhöhle, durch eine nicht sehr dicke Knochenwand (Fig. 1 u. 3 i), in welcher das ovale und runde Fenster angebracht sind, davon getrennt, liegt das innere Ohr mit den Endigungen des Hörnerven, das man seines komplizirten Baues wegen das Labyrinth genannt hat. Dasselbe besteht aus mehreren, unter sich zusammenhängenden, im Knochen eingeschlossenen Höhlen, nämlich einer mittleren Höhle von ovaler Gestalt, dem Vorhof, von welchem an seinen beiden Enden Kanäle ausgehen, die man nach ihrer Form als Bogengänge und Schnecke bezeichnet hat. Die Höhlen des Labyrinths sind zunächst von einer sehr harten Knochenrinde, wie von einer Schaale, umschlossen, weiter nach außen folgt dann mehr schwammige Knochenmasse. Letztere ist beim Neugebornen noch so weich, daß sie sich leicht mit dem Messer von der innern harten Schaale abtrennen läßt (wie die Nuß aus der grünen Schaale). Auf diese Weise kann man das knöcherne Labyrinth aus der übrigen Knochenmasse des Felsenbeins herauspräpariren, wie es in Fig. 4 und Fig. 2 dargestellt ist. Das ganze Labyrinth ist mit einer klaren Flüssigkeit, dem sog. Labyrinthwasser, gefüllt, in welcher die die Nerven enthaltenden Organe entweder schwimmen oder doch sehr beweglich aufgehängt sind. Folgen wir zur nähern Beschreibung dem Weg, den die Schallwelle macht, und treten wir also aus der Paukenhöhle durch die Haut des ovalen Fensters hindurch in die mit Wasser gefüllten Räume des Labyrinths ein: Wir gelangen dann zuerst in den Vorhof (l in Fig. 1 u. 3) eine rundliche Höhle von der Größe einer Erbse, und von hier aus auf der einen Seite in die Bogengänge (m in Fig. 1 und 2) und auf der andern in die Schnecke (q in Fig. 2). Die erstern sind 3 feine Kanäle, Ausläufer der Vorhofshöhle, die durch den Knochen einen halben Kreisbogen beschreiben und wieder in den Vorhof zurückkehren. Die Schnecke, deren Form dem Gehäuse einer gewöhnlichen Gartenschnecke entspricht, besteht aus einem spiralförmig gewundenen, oben blind endenden Kanal, der seiner ganzen Länge nach durch eine Scheidewand (p in Fig. 1 u. 4) in zwei Hälften getrennt ist. Wir haben also zwei getrennte, der ganzen Länge nach über einander herlaufende Schneckenkanäle, oder wie man sich ausdrückt Schneckentreppen, die zu oberst in der Schnecke durch eine feine, in der Scheidewand befindliche Oeffnung (siehe Fig. 1 und K in Fig. 4) zusammenhängen. Die eine Treppe bildet eine Fortsetzung des Vorhofs (Vorhofstreppe, n in Fig. 1); man könnte sie, da die Schallwellen durch das ovale Fenster zuerst in den Vorhof und von hier in die Schnecke gelangen, die aufsteigende Treppe nennen. Durch das Loch in der Kuppel der Schnecke gelangt man dann in die absteigende Treppe (o in Fig. 1), welche am runden Fenster ihren Abschluß findet, also direkt der Pauken= höhle zustrebt und deßhalb die Paukentreppe genannt wird. Wir sind hiemit auf unserer Wanderung durch's Labyrinth an der Haut des runden Fensters und durch dieses hindurch wieder in der Paukenhöhle angelangt. Beide Treppen sind, wie das ganze Labyrinth, mit Wasser gefüllt.

Das Labyrinth enthält, wie bemerkt, die Endigung des Hörnerven und die damit verknüpften Apparate (siehe Fig. 4). In der Schnecke befinden sich dieselben in der Scheidewand der beiden Treppen (p). Im Vorhof und in den Bogengängen aber schwimmen zarte, häutige Gebilde (E u. F), welche wie ein Abguß die Form der erstern wiederholen. Wir haben also in dem von knöchernen Wandungen umschlossenen Vorhof einen häutigen Vorhof (E) schwimmen, der in seinem Innern ebenfalls mit Wasser gefüllt ist und von dem aus ein feiner Schlauch (F) durch jeden der drei Bogengänge hindurchgeht. An diesen zarten, häutigen Gebilden sind die Enden des Gehörnerven (r) befestigt. Dieser letztere (r Fig. 2) hat seinen Ursprung im Hirn, dringt durch einen eigenen Kanal in den Knochen und theilt sich hier in zwei Haupt= zweige, einen für die Schnecke, den andern für den Vorhof und die Bogengänge.

Nach dieser dürren anatomischen Beschreibung, die aber durch= aus nothwendig war, um das Folgende verstehen zu können, wollen wir nun die Verrichtungen der einzelnen Theile des Ohres etwas näher betrachten.

Um sich eine Idee zu verschaffen von den schnell und regel
mäßig aufeinander folgenden Schwingungen der Luft, welche man
in der Physik Schallwellen heißt, vergleiche man das Gefühl
das man hat, wenn man z. B. eine tönende Saite berührt. Die
zitternde Bewegung derselben, die man fühlt, theilt sich den an
grenzenden Lufttheilchen mit, versetzt sie in ähnliche schwingende
Bewegung, diese hinwiederum ihre Nachbarn und so schreitet die
Bewegung vorwärts [1]), ähnlich wie die Welle, die im Wasser
entsteht, wenn man einen Stein hineinwirft.

Erreicht die zitternde Bewegung der Luft, die Schallwelle
das Ohr, so wird ein Theil an der Ohrmuschel zurückgeworfen —
diese dient nämlich viel weniger zur Verstärkung des Schalles
als zur Beurtheilung der Richtung, woher der Schall kommt —
ein anderer Theil gelangt direkt in den Gehörgang und stößt
gegen das Trommelfell, welches dadurch mit sammt der Kette
der Gehörknöchelchen in Schwingungen versetzt wird. Wir wissen
aus der Physik, daß Schallschwingungen aus der Luft sich auf
feste und flüssige Körper (in unserm Fall Gehörknöchelchen und Laby
rinthwasser) am leichtesten durch Vermittlung gespannter Häute
(Trommelfell) übertragen lassen. Hieraus erklärt sich die Be
deutung des Trommelfells [2]).

Das Trommelfell (b in Fig. 1) schwingt also hin und
her in demselben Tempo wie die dasselbe stoßende Luft, und sei
nen Bewegungen folgt nicht nur der mit ihm verwachsene Ham
merstiel, sondern auch der lange Fortsatz des Ambos macht die
selben mit.

Hammer und Ambos sind nämlich so mit einander verbun
den, daß wir für unsern Zweck beide als Eine Masse betrachten

---

[1]) Die Schnelligkeit, mit welcher die Schallwelle in der Luft fortschreitet
beträgt 1050 Pariser Fuß in der Sekunde.

[2]) Es muß übrigens bemerkt werden, daß die Einrichtungen im Ohr
nicht sowohl darauf zielen, daß die Schwingungen bis zum Gehörnerven mög
lichst wenig an Kraft verlieren, als vielmehr darauf, alle Töne (hohe und tiefe
gleich gut aufzunehmen. Deßhalb mußte das Trommelfell mit der Kettte der
Gehörknöchelchen belastet werden. Wäre dies nicht der Fall, so würde aller
dings das Trommelfell viel leichter in Schwingungen gerathen, aber bei ge
wissen Tönen (welche seinem Eigenton verwandt sind) viel stärker als bei an
dern. Die Gleichmäßigkeit der Fortleitung würde sehr darunter leiden. (Ver
gleiche das später über das Mitschwingen der Saiten bemerkte.)

können, die sich um eine mit der Ebene des Trommelfells parallel laufende horizontale Axe dreht. Um sich dies zu veranschaulichen, stelle man auf den Punkt c in Fig. 1 eine Nadel lothrecht gegen das Papier, dann hat man die Axe, um welche sich die beiden langen Fortsätze (Stiel) des Hammers und des Ambos drehen, wie die Thür um die Thürangel.

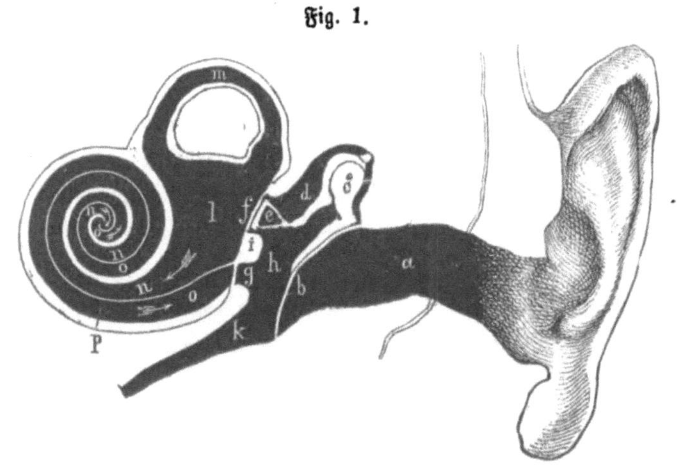

Fig. 1.

Schwingt aber der lange Fortsatz des Ambos (d in Fig. 1) nach einwärts, so drückt er den Steigbügel (e) tiefer in das ovale Fenster hinein, und im nächsten Moment, wo das Trommelfell wieder zurückschwingt, folgt ihm der Ambos mit dem Steigbügel getreulich nach. Dadurch entsteht eine Erschütterung des Labyrinthwassers, welche vom Vorhof (l) aus nach allen Richtungen sich fortpflanzt, einerseits durch die Bogengänge (m) hindurch, anderseits in die Schnecke hinein und zwar zuerst hinauf durch die Vorhofstreppe (n) und dann hinunter durch die Paukentreppe (o) bis zur Haut des runden Fensters (g), welche, dem Anprall des Wassers nachgebend, um ebenso viel in die Paukenhöhle (h) hineingebogen wird, als der Steigbügel in den Vorhof hinein getrieben wurde.

Wir sehen also, so viele Schwingungen in der Sekunde eine vor dem Ohre angestrichene Saite macht, so viele Stöße gehen

in derselben Zeit durch das Labyrinthwasser hindurch und reiz:
daselbst unter den vielen tausend Fasern des Gehörnerven nu
Eine, welche für den betreffenden Ton bestimmt ist.

Dieser letztere Punkt führt uns auf die Bedeutung des Lab:
rinths. Bei allen Sinnesorganen finden sich an den Endigung
der Nerven besondere, höchst sinnreich konstruirte Apparate, wel:
die Uebertragung des von Außen kommenden Reizes auf d
einzelnen Fasern des Nerven vermitteln, und es war daher a:
zunehmen, daß solche Einrichtungen auch im Ohre zu finden sei:
Bis vor wenigen Jahren wußte man indessen noch nicht, w:
man sich das so sonderbar gestaltete Ohrlabyrinth zu erklär:
habe, und auch jetzt sind wir über den feinern Bau und d:
mechanische Bedeutung des Vorhofs und der Bogengänge no:
vielfach im Unklaren; nur so viel scheint fest zu stehen, daß s:
für die Wahrnehmung der Geräusche bestimmt sind, während d:
Schnecke als das Organ für die Töne zu betrachten ist.   Wa:
wir bis jetzt über den feinern Bau des Vorhofs und der Bogen:
gänge wissen, ist ungefähr folgendes: In den Säckchen des Vor:
hofs (E,E Fig. 4), die, wie wir wissen, mit einer klaren Flü:
sigkeit gefüllt sind und selbst im Wasser des Vorhofs schwimmen —.
liegen da, wo die Nerven (r) sich außen am Sack verzweigen:
inwendig die sog. Hörsteine (J Fig. 4), d. h. Häufchen kleine:
Kalkkrystalle, welche an der Innenseite des Säckchens festgehefte:
zu sein scheinen.   Ihre Bedeutung ist noch nicht genügend au:
geklärt.   Helmholtz sucht sie darin, daß die schweren Krystal:
durch die Bewegung des Wassers langsamer in Bewegung g:
rathen, sie aber auch langsamer wieder abgeben, als die fein:
Haut des Säckchens, wodurch die zwischen beiden befindliche:
Nervenfasern gezerrt werden.   In den Bogengängen verhäl:
sich die Sache anders.   Jeder derselben hat am einen Ende ein:
blasige Erweiterung wie der Bauch einer Flasche; dieselbe Er:
weiterung zeigen auch die häutigen Bogengänge (F Fig. 4), welch:
eine Fortsetzung der Säckchen des Vorhofs bilden und, wie wir
gesehen haben, die Form der knöchernen Bogengänge genau wie:
derholen.   An diese Erweiterungen der häutigen Bogengänge:
(F' in Fig. 4) tritt von Außen je ein Bündel Nervenfasern (r).

welche in die ungemein zarte Substanz der Haut eindringen und mit eigenthümlichen steifen, elastischen Häärchen zusammenhängen, welche an der Innenseite der Haut befestigt sind und frei in das Wasser hineinragen, welches die häutigen Bogengänge erfüllt. Diese Haare sind offenbar sehr geeignet, um die geringste Bewegung des Wassers aufzunehmen und den an ihnen befestigten Nerven mitzutheilen. Man findet sie an keiner andern Stelle der Bogengänge.

Ueber die Bedeutung der Schnecke hat uns die neueste Zeit höchst merkwürdige Aufschlüsse gegeben. Der Leser wird erstaunen, wenn er erfährt, daß wir in der kleinen Schnecke eine Art Klavier oder Harfe besitzen mit circa 3000 Saiten, welche skalaartig von dem tiefsten bis zum höchsten Tone ansteigen und die so fein gestimmt sind, daß zwei benachbarte Saiten nur um $^1/_{33}$ eines halben Tonintervalls auseinander liegen. Auf eine Oktave kämen ungefähr 400 Saiten. Es befindet sich nämlich in der Scheidewand (p in Fig. 4), welche, wie wir gesehen haben, den Schneckengang in die Vorhofs- und die Paukentreppe trennt — und zwar in dem häutigen Theile derselben (H in Fig. 4) ein wundervoller Apparat, der in der Hauptsache aus einer fortlaufenden Reihe gespannter elastischer Bogen (Saiten) besteht. An jedem der letztern ist ein besonderer Faden des Gehörnerven befestigt. Der ganze Apparat ist nur mit Hülfe starker Vergrößerung zu sehen.

Um die Deutung dieser sinnreichen Einrichtung, wie sie vor wenig Jahren Helmholtz, der Erfinder des Augenspiegels, gegeben hat, zu verstehen, muß ich einige erläuternde Bemerkungen über das sog. Mittönen vorausschicken.

Eine Saite von bestimmter Länge, Spannung und Dicke gibt immer denselben Ton — man nennt dies ihren Eigenton — oder anders ausgedrückt, sie macht, wenn sie angeschlagen wird, immer dieselbe Anzahl von Schwingungen in einer Sekunde. Verlängert man die Saite, so werden die Schwingungen langsamer, der Ton tiefer und umgekehrt. Hat Jemand in seinem Zimmer eine Guitarre hängen, deren Saiten bekanntlich auf E, A, d, g, h, $\bar{\text{e}}$ gestimmt sind, und singt einen dieser Töne

Stellen wir uns vor, ein solches Klavier in verkleinertem Maßstabe sei in unserm Ohr, in der Schnecke, vorhanden, wie dies wirklich der Fall ist, und an jede der 3000 Saiten desselben sei ein Nervenfaden befestigt, so haben wir eine Vorstellung von der Bedeutung der Schnecke. Jeder Ton, der vor unserm Ohr ertönt, wird die entsprechende Saite des kleinen Ohrklaviers in Mitschwingung versetzen und den dazu gehörenden Nervenfaden reizen, alle andern aber werden in Ruhe bleiben; erklingen mehrere Töne zugleich, so werden, wie wir dies beim Klavier gesehen haben, genau die entsprechenden Saiten der Schnecke mitschwingen. Durch diese wundervolle Einrichtung sind wir also in den Stand gesetzt, nicht nur die feinsten Tonunterschiede wahrzunehmen, sondern auch das größte Tongewirre in seine einzelnen Bestandtheile zu zerlegen.

Man begreift aber, daß wir dabei an den Umfang unseres Ohrklaviers gebunden sind; Töne, welche tiefer oder höher sind, als die tiefste und höchste Saite der Schnecke, bringen nicht mehr die Empfindung eines Tones hervor. In der That vermögen wir keine Töne wahrzunehmen, welche weniger als 16 und mehr als 38,000 Schwingungen in der Sekunde machen[1]).

Man sieht an diesem Beispiele deutlich, wie sehr wir in der Wahrnehmung der Außenwelt, ohne es zu ahnen, an die besondere Einrichtung unserer Sinne gebunden und daß diesen gewisse Gränzen gesteckt sind. So ist es auch beim Auge. Kein menschliches Auge ist im Stande, gewisse rothe und violette Farben zu sehen (nämlich die beiden äußersten Gränzen der Regenbogenfarben, die äußerste Gränze des rothen und des violetten), weil unser Sehnerv für deren Wahrnehmung nicht eingerichtet ist. Man hat sich von der Existenz dieser Farben erst später auf anderm Wege überzeugt, z. B. durch die chemische Wirkung, die sie hervorbringen.

Ich will hier noch einige interessante Beobachtungen an kranken Ohren anführen, welche die soeben vorgetragene Helm-

---

[1]) Es entspricht dies dem Umfang von etwa 11 Oktaven, doch sind nur die Töne, deren Schwingungszahl zwischen 40 und 4000 liegt, musikalisch gut brauchbar, die Musik kennt daher nur 7 Oktaven.

holtz'sche Ansicht von der Bedeutung der Schnecke vollkommen zu bestätigen scheinen. Es gibt nämlich Menschen, denen das Wahrnehmungsvermögen für bestimmte einzelne Töne oder Ton=reihen völlig fehlt; in diesem Falle liegt die Annahme nahe, daß die betreffenden Saiten des Schneckenklaviers durch krankhafte Vorgänge zerstört worden sind. In einem andern Falle wurden während der Dauer einer Ohrenentzündung auf dem kranken Ohre alle Töne um einen halben Ton höher gehört, als auf dem gesunden; der Kranke hörte doppelt, um einen halben Ton ver=schieden. Mit dem Aufhören der Entzündung verschwand auch diese sonderbare Erscheinung, die man sich durch die Annahme erklären kann, daß durch den gesteigerten Druck im kranken Ohr die sämmtlichen Saiten der Schnecke in stärkere Spannung ver=setzt und dadurch ihre Stimmung geändert wurde. So gerieth bei c die sonst für Cis bestimmte Saite in Mitschwingung und die Seele glaubte Cis zu hören, während vor dem Ohr c erklang. Solche sogenannte Verstimmungen des Schneckenklaviers hat man schon mehrfach beobachtet.

Zur Bestätigung der Helmholtz'schen Ansicht dient ferner die merkwürdige Entdeckung, welche vor Kurzem Hensen an dem Ge=hörorgan der Krebse gemacht hat. Dieselben besitzen nämlich an ihrer Körperoberfläche Reihen von längeren und kürzeren, dickeren und dünneren Häärchen — die sog. Hörhaare — welche mit dem Gehörnerven in Verbindung sind. Während mit einem Wald=horn die musikalische Tonleiter geblasen wurde, beobachtete Helm=holtz (mittelst eines zu diesem Zwecke hergerichteten Apparates), daß bei jedem Tone ein anderes Hörhaar in Schwingung gerieth, während die übrigen ruhig blieben.

Es gäbe noch manche interessante Verhältnisse zu erörtern, über welche die genialen Untersuchungen von Helmholtz ein ganz neues Licht verbreitet haben, so die Ursache der Harmonie der Töne, Konsonanz und Dissonanz, die sog. Schwebungen ꝛc. Es würde dies aber zu weit von dem eigentlichen Zweck meiner Arbeit abführen. Solche, die sich dafür besonders interessiren, werden mit Vergnügen die Broschüre von Dr. Ernst Mach lesen. „Zwei populäre Vorlesungen über musikalische Akustik. Grätz 1865.“ Oder das größere Werk von Helmholtz: „Die Lehre von den Tonempfindungen. Braunschweig, bei Vieweg und Sohn, 1865.“ Hier will ich nur so viel noch beifügen, daß nach

Helmholtz jeder einfache Ton unserer musikalischen Instrumente aus mehreren Tönen zusammengesetzt ist, dem Grundton und den sog. Obertönen, die man bei einiger Uebung deutlich heraushören kann. Von der Verschiedenheit der Obertöne, die bald mehr, bald weniger hervortreten, hängt der verschiedene Klang der Instrumente ab. Die Konsonanz (das angenehme Zusammenklingen) zweier Töne setzt voraus, daß sie einen Theil ihrer Obertöne gemein haben. Fallen die Obertöne des einen Tons ganz auf die des andern, wie bei der Octave und Duodecime, so entsteht die vollkommenste Konsonanz. Im entgegengesetzten Fall entstehen sog. Schwebungen, welche die Ursache der Dissonanz sind.

Wenn wir für die Wahrnehmung der Töne und Geräusche zwei besondere Apparate im Ohr besitzen, so begreift man, daß es Schwerhörende gibt, welche für das Verständniß der Sprache fast völlig taub sind und dennoch musikalische Töne noch ganz gut hören, und umgekehrt, je nachdem die Krankheit mehr das Organ der Töne, die Schnecke, oder aber den Vorhof und die Bogengänge trifft. Für das Sprachverständniß ist es nämlich vor Allem aus nöthig, die verschiedenen Geräusche, die man als Konsonanten bezeichnet, unterscheiden zu können.

Wir haben gesehen, wie die durch den tönenden Körper in der Luft erzeugten Schallwellen das Trommelfell mit sammt der Kette der Gehörknöchelchen in Bewegung versetzen und daß hiedurch das Labyrinthwasser in Schwingung geräth. Es ist dies der gewöhnliche Weg, auf dem wir Schalleindrücke empfangen, doch können die Schwingungen des tönenden Körpers direkt auf die Schädelknochen übergehen und durch diese hindurch sich auf das Labyrinthwasser fortpflanzen, ohne Mithülfe des Trommelfells und der Gehörknöchelchen. Diese sog. Schallleitnug durch die Kopfknochen ist aber für das gewöhnliche Hören nicht von Bedeutung, sie kommt nur dann in Betracht, wenn wir einen tönenden, harten Körper, z. B. eine Taschenuhr, fest an den Schädel drücken, oder zwischen die Zähne nehmen; in diesem Falle vernimmt man den Schlag der Uhr ganz deutlich, auch bei verschlossenen Ohren. Es gibt nun Schwerhörende, welche eine an den Schädel angepreßte Uhr mit Leichtigkeit hören, während sie dieselbe in nächster Nähe vor dem Ohr, selbst bei Berührung der Ohrmuschel nicht vernehmen. Die Patienten halten dies gewöhnlich für ein gutes Zeichen, sie schließen daraus, daß ihr

Gehör noch nicht todt sei und geben sich in Bezug auf Heilbarkeit des Uebels oft falschen Hoffnungen hin; denn was hilft es ihnen, daß ihr Gehörnerv noch leistungsfähig ist, wenn den Schallwellen der gewöhnliche Weg zu ihm versperrt ist. Nehmen wir z. B. an, der Steigbügel sei mit dem ovalen Fenster fest verwachsen und in Folge dessen völlig unbeweglich, so können sich die Schwingungen des Trommelfells nicht mehr auf das Labyrinthwasser fortpflanzen, wohl aber die Schwingungen der an den Knochen angedrückten Uhr. Da aber für die aus der Luft zu uns gelangenden Schallwellen die Leitung durch die Schädelknochen von geringer Bedeutung ist, so wird dies nicht verhindern, daß der Betreffende im höchsten Grade taub ist und auch bleibt, weil der Steigbügel nicht mehr aus seiner Verwachsung gelöst werden kann.

III. Kapitel.

Krankheiten des Ohres.

Der aufmerksame Leser wird sich, wie ich hoffe, aus dem Vorhergehenden einen genügenden Begriff von dem Bau des Gehörorgans und der Bedeutung seiner einzelnen Theile verschafft haben, um der folgenden Skizze ohne Mühe folgen und den Einfluß der einzelnen krankhaften Veränderungen auf die Hörkraft würdigen zu können. Er wird daraus ersehen, wie mannigfach die Erkrankungen des Gehörorgans sind, er wird begreifen, daß die verschiedene Natur derselben auch eine verschiedene Behandlung nöthig macht, und sein gesunder Menschenverstand wird ihm sagen, was von den sog. Universalmitteln, die für alle Krankheiten angepriesen werden, zu halten sei. Auch möge der Leser darauf achten, daß eine Reihe von Krankheiten Anfangs noch heilbar sind, nach und nach aber krankhafte Veränderungen herbeiführen, welche sich nicht mehr heben lassen.

Diejenigen, welche die modernen Schwindeleien noch nicht genugsam kennen, möchte ich vor den Broschüren warnen, die von Zeit zu Zeit unter dem verlockenden Titel: „Taubheit heilbar", „keine Taubheit mehr" u. s. w. erscheinen und den Zweck haben, irgend eine Universaltinktur oder magnetische Essenz für theures Geld zu verkaufen. Diese Art Literatur rührt — zur Ehre unseres Standes sei es gesagt — gewöhnlich nicht einmal von einem Arzte her, sondern von irgend einem schlauen Industrieritter, der sich in den falschen Namen eines Arztes kleidet, um das leichtgläubige Publikum besser zu bethören. Durch das dem Schriftchen umgehängte wissenschaftliche Mäntelchen lassen sich Viele täuschen und übersehen, daß der beigefügte Bestellzeddel für die Universaltinktur des Pudels Kern ausmacht.

A. Krankheiten des äußeren Ohres.

a) Die Krankheiten der Ohrmuschel sind im Ganzen nicht von großer Bedeutung. Am wichtigsten sind noch die oft sehr hartnäckigen Ausschläge, die sich leicht nach innen fortpflanzen. Verlust der Ohrmuschel hat keine Schwerhörigkeit zur Folge.

b) Wichtiger sind schon die Krankheiten des Gehörgangs. Sehr häufig trifft man Verstopfung des Gehörgangs durch Ohrenschmalz. Ist dieselbe vollständig, so begreift man, daß sie durch Abhaltung der Schallwellen Schwerhörigkeit erzeugen muß. Außerdem entsteht gewöhnlich durch Druck auf das Trommelfell und dadurch auch auf das Labyrinthwasser Ohrensausen und andere unangenehme Empfindungen. Obwohl eine solche Ansammlung von Ohrenschmalz zu ihrer Entstehung längerer Zeit bedarf, so tritt die Taubheit bisweilen ganz plötzlich auf. So lange nämlich die Verstopfung nicht vollständig ist — und es kann ein kleiner Spalt genügen, um den Schallwellen den Durchtritt zum Trommelfell zu gestatten — so ist das Gehör oft nur wenig gestört und der Betreffende ahnt nichts davon, daß in seinem Gehörgange ein Pfropf sitze, bis durch Schweiß oder einen Tropfen Wasser beim Baden oder durch eine Verschiebung des Pfropfes bei Druck auf denselben auch die letzte Spalte noch verklebt wird. Die Entfernung des Pfropfes muß durch den Arzt geschehen, da durch unvorsichtiges Ausspritzen — besonders bei alten Pfröpfen — leicht Schaden erwachsen kann. Daß man vorher durch genaue Untersuchung sich überzeugen soll, ob überhaupt ein Ohrenschmalzpfropf vorhanden sei, braucht wohl nicht gesagt zu werden. Indessen kommt es vor, daß Schwerhörende Jahre lang umsonst mit den verschiedensten äußerlichen und innerlichen Mitteln geplagt wurden, bis es sich zuletzt herausstellte, daß ihre Taubheit lediglich von uralten, harten Ohrenschmalzpfröpfen herrührte. Das Ohrenschmalz wird von schlauchförmigen Drüsen, die in der Haut des Gehörgangs liegen, bereitet. Seine Bedeutung für das Hören hat man häufig sehr überschätzt. Es rührt dies wohl daher, daß man bei tieferen Leiden des Ohres häufig den Gehörgang auffallend trocken findet, was aber nicht die Ursache, sondern die Folge des bestehenden Uebels ist. Uebrigens ist die Ohrenschmalzproduktion auch beim Gesunden sehr verschieden, so wie es Leute gibt, deren Haut und Haare allezeit trocken und spröde sind, während Andere eine fette, glänzende Haut haben. In Fällen, wo man die Gehörgänge in auffallend kurzer Zeit wieder mit Ohrenschmalz angefüllt findet, muß man indessen eine krankhaft gesteigerte Thätigkeit der Ohrenschmalzdrüsen annehmen.

Man hat im Ohre die verschiedenartigsten fremden Körper (als Erbsen, Bohnen, Glasperlen 2c.) gefunden, besonders bei Kindern. Auch lebende Thiere verkriechen sich oft in den Gehörgang und erregen stürmische Zufälle. Schon ein Floh kann ein wahres Donnergepolter verursachen. Am meisten gefürchtet ist der sogenannte Ohrwurm (Forficula auricularis), jedoch mit Unrecht, denn er scheint ein unschuldiges Thier zu sein, das kaum jemals in das Ohr eines Menschen sich verirrt. Um eingedrungene Thiere zu entfernen, fülle man den Gehörgang mit lauwarmem Wasser, wodurch dieselben getödtet oder zum Rückzug genöthigt werden, da ja, wie wir gesehen haben, der Gehörgang an seinem innern Ende durch das Trommelfell vollkommen geschlossen ist. Hat sich ein Blutegel im Gehörgang festgesetzt, so gieße man eine starke Kochsalzauflösung ein.

Ich möchte hier eindringlich warnen vor zu hastigen und übereilten Versuchen, den fremden Körper zu entfernen; dieselben sind, wenn sie nicht mit großer Schonung und so ausgeführt werden, daß das Auge stets der Hand als Leiter dient, sehr gefährlich, und haben schon mehr Unheil angerichtet, als das Verbleiben des fremden Körpers es gethan hätte; hier gilt das Sprichwort: „Blinder Eifer schadet viel!" Der Laie lasse es sich niemals einfallen, mit allerhand Instrumenten den Körper entfernen zu wollen, höchstens Einspritzungen mit lauwarmem Wasser sind erlaubt; am besten ist es aber, man hole einen kundigen Arzt. Unterdessen lagere man den Patienten auf das kranke Ohr, um das Herausfallen des fremden Körpers zu begünstigen.

Von den Entzündungen des Gehörgangs unterscheidet man zwei Hauptformen: die umschriebene (furunkulose) und die allgemeine. Die erstere besteht in der Bildung von einem oder mehreren Blutschwären (Furunkel), in der Schweiz Eißen genannt, im Gehörgang, ganz entsprechend denen auf der

äußern Haut, nur in viel kleinerem Maßstabe. Den Ausgangs-
punkt der Entzündung bildet gewöhnlich ein Haarbalg, der mitsammt dem umgebenden Bindegewebe zu Grunde geht, und vom
Eiter herausgestoßen wird. Einige Tage wächst der Knoten im
Ohre unter sehr heftigen Schmerzen, bis endlich der Eiter als
ein käsiger Pfropf zum Durchbruche kommt, worauf die Schmerzen
meist nachlassen, und wenn die Sache günstig geht, in wenigen
Tagen Heilung eintritt. Bei unpassender Behandlung aber
kommt es bisweilen zu Durchlöcherung des Trommelfells mit
allen den unangenehmen Folgen, die wir später kennen lernen
werden.

Besonders tragen zu diesem Ausgange bei die gebräuchlichen
warmen Breiumschläge (Kataplasmen), wenn sie zu anhaltend
fortgesetzt werden. Sie lindern zwar die Schmerzen, beschleu-
nigen den Durchbruch des Eiters, und sind in der Hand des
Arztes ein ganz brauchbares Mittel, werden aber leicht dadurch
gefährlich, daß durch die beständige Wärme und Feuchtigkeit nicht
nur der Knoten, sondern auch das Trommelfell so erweicht
(gleichsam gebrüht) wird, daß es ein Loch bekommt. Es gibt
Personen, bei welchen die Krankheit sich fast jedes Jahr wieder-
holt, so daß man eine besondere Anlage dazu annehmen muß.

Die allgemeine (diffuse) Form unterscheidet sich leicht
von der vorigen. Die Entzündung betrifft den ganzen Gehörgang und ist immer mit einem bald mehr schleimigen, bald mehr
eitrigen Ohrenflusse verbunden. Man hat sie daher auch Katarrh
des Gehörgangs oder äußeren Ohrenfluß, — im Gegensatz
zum innern Ohrenflusse, bei dem das Trommelfell durchlöchert
oder zerstört ist, und der Ausfluß nicht bloß aus dem Gehörgange, sondern auch aus der Paukenhöhle stammt, — genannt.
Wie bei allen Entzündungen gibt es auch hier eine hitzige (akute)
und eine schleichende (chronische) Form. Der Name bezeichnet
schon den Unterschied. Bei der erstern ist der Anfang deutlich
markirt, alle Erscheinungen, auch die Schmerzen sind viel hef-
tiger, als bei der chronischen Form, wo der ganze Verlauf ein
langsamer ist, sei es, daß sie von Anfang an schleichend,
schmerzlos auftritt, oder daß sie aus der Verschleppung der

hitzigen Form hervorgeht. Bei dieser letztern fehlen die Schmerzen im Anfange nie, auch etwas Fieber ist gewöhnlich vorhanden; nach einigen Tagen stellt sich dann meistens unter Nachlaß der Schmerzen ein Anfangs mehr wässeriger, später schleimig=eitriger Ausfluß ein, der, sich selbst überlassen, große Neigung hat, sich zu verschleppen und oft Jahre lang dauert. Untersucht man ein solches Ohr in den ersten Tagen, d. h. vor dem Ausfluß, so findet man den Gehörgang und das Trommelfell trocken, geröthet und geschwollen, später erweicht sich die äußere Hautschicht, stößt sich los, und der Gehörgang erscheint dann wie wund. Bei der schleichenden Form ist es gewöhnlich nur der bald mehr, bald weniger reichliche, häufig übelriechende Ohrenfluß, der in die Augen fällt; Schmerzen sind nicht vorhanden, außer etwa vorübergehend bei einer durch Erkältung oder andere Schädlich= keiten verursachten Verschlimmerung. Um die Veränderungen in der Tiefe des Ohres bekümmert sich Niemand, beson= ders bei Kindern. Wozu, so denken viele Mütter, soll man den kostspieligen Arzt in's Haus rufen, das Kind ist ja gesund, wenn es auch kein feines Gehör hat; und was den Ausfluß anlangt, so kann es ja nur gut sein, wenn die bösen Säfte einen Ausfluß haben, unterdrücken darf man ihn jedenfalls nicht, sonst könnte sich die Krankheit auf's Gehirn werfen. Solch traurigen Vorurtheilen begegnet man häufig. Schon manches Kind hat den Unverstand und die Gleichgültigkeit der Eltern mit unheilbarer Taubheit, oder selbst mit dem Tode gebüßt.

Allerdings gibt es Beispiele, wo die Krankheit sich auf's Gehirn geworfen hat, aber nicht in Folge von Unterdrückung des Ohrenflusses, sondern im Gegentheil durch Begünstigung desselben aus Mangel an Reinlichkeit, wodurch die vernachläs= sigte Entzündung von der Haut auf den Knochen und von diesem auf's Hirn sich fortpflanzt. Und in der That, wenn man bedenkt, daß ein solches Ohr jahrelang nicht gehörig gereinigt, d. h. ausgespritzt wird, so daß der stinkende Eiter seine Um= gebung beständig reizt und ansteckt, so wird man es begreiflich finden, daß die Entzündung immer weiter schreitet, die benach= barten Theile bis auf den Knochen angreift und durch Fort=

pflanzung auf das Gehirn das Leben bedrohen kann. Man wird auch nicht erstaunt sein, zu hören, daß, wenn in solchen Fällen der Arzt nach Jahr und Tag das Ohr reinigt und untersucht, er bisweilen von dem Trommelfell und den Gehörknöchelchen keine Spur mehr findet. — Der Eiter hat nämlich im Laufe der Zeit die zarten Gebilde zerstört und weggeschwemmt. Gerade bei diesem hartnäckigen Leiden ist Reinlichkeit (durch fleißiges Ausspritzen des Ohres mit lauwarmem Wasser) und ärztliche Behandlung nothwendig, um das Trommelfell vor Durchlöcherung und Zerstörung zu schützen. Die Krankheit ist in der Jugend häufiger als bei Erwachsenen, und ich möchte deßhalb besonders die Eltern auf die nachtheiligen Folgen vernachlässigter Ohreuflüsse der Kinder aufmerksam machen.

c. Das Trommelfell erkrankt höchst selten für sich allein, dagegen nimmt es vermöge seiner Stellung als Scheidewand zwischen dem Gehörgange und der Paukenhöhle an den Erkrankungen beider Antheil.

Eine selbstständige, nur auf das Trommelfell beschränkte Entzündung kann zwar vorkommen, läßt sich aber von der Entzündung der Paukenhöhle nicht mit Sicherheit unterscheiden, da bei der letzteren das Trommelfell stets mehr oder weniger mit ergriffen ist.

Wunden des Trommelfells heilen in der Regel sehr leicht und haben, wenn keine tiefern Theile verletzt sind, nicht sehr viel zu bedeuten. Sie entstehen durch Eindringen eines spitzen Körpers in's Ohr, oder, was häufiger der Fall ist, durch eine starke Lufterschütterung, z. B. das Abfeuern einer Kanone, wobei das Trommelfell platzt, wie die Fensterscheiben bei einer starken Explosion. Auch eine tüchtige Ohrfeige bringt oft dieselbe Wirkung hervor, ebenso ein starker Keuchhustenanfall, oder gewaltsames Schneuzen und Nießen. In allen diesen Fällen. entsteht gewöhnlich ohne großen Schmerz ein Riß im Trommelfell, das Ohr ist im Moment wie betäubt, bisweilen fließen ein paar Tropfen Blut heraus, und beim Schneuzen, das übrigens schmerzhaft zu sein pflegt, bringt meist die Luft unter zischendem Geräusche durch's Ohr hinaus. Das Alles verliert

sich gewöhnlich bald wieder, die Wunde heilt, und wenn die Erschütterung keine tieferen Verletzungen, z. B. im Labyrinth verursacht hat, so leidet das Gehör keinen erheblichen Schaden.
Indessen thut man wohl, das verletzte Ohr in den ersten Tagen
durch Verbinden oder durch etwas Baumwolle vor Schädlichkeiten zu schützen.

So leicht Wunden des Trommelfells zu verwachsen pflegen,
so schwer hält es, eine durch Krankheit entstandene Durchlöcherung zuzuheilen, besonders wenn sie nicht mehr frisch ist.
Solche Durchlöcherungen kommen sehr häufig vor; sie entstehen
sowohl von außen als von innen her, sowohl bei eitrigen Entzündungen des Gehörgangs, als der Paukenhöhle, indem das
Trommelfell durch den entzündlichen Prozeß erweicht, und durch
Eiterung in größerem oder kleinerem Umfange zerstört wird.
Anfangs ist die Oeffnung meistens klein, nach und nach aber
kann das ganze Trommelfell verloren gehen, und zieht dann
gewöhnlich den Verlust des mit ihm verwachsenen Hammers,
sowie des Ambos mit sich. In den meisten Fällen bleibt indessen
die Oeffnung auf einem gewissen Punkte stehen, ihre Ränder
verdicken sich, werden schwielig, und heilen sehr schwer. Ist aber
das Trommelfell durchlöchert, so wird dadurch die zarte Schleimhaut der Paukenhöhle allen schädlichen äußeren Einflüssen (Kälte,
Staub ꝛc.) ausgesetzt und in einem beständigen Reizungszustande
erhalten, welcher den fast immer vorhandenen, je nach Reinlichkeit, körperlicher Anlage ꝛc. mehr oder minder reichlichen Ohrenfluß hinreichend erklärt. Die Gefahren, die ein solcher Zustand
mit sich bringt, werden wir später bei der eitrigen Entzündung
der Paukenhöhle noch kennen lernen. Man pflegt die Bedeutung des durchlöcherten Trommelfells nach dieser Richtung ge-
meiniglich zu gering anzuschlagen, während seine Bedeutung für
das Hören meistens überschätzt wird. Das Loch im Trommelfelle macht an und für sich noch nicht schwerhörend, wie man
gewöhnlich annimmt. Es gibt solche Patienten genug, deren
Gehör nicht merklich gestört ist, und man wird dieß auch begreiflich finden, denn warum sollte ein durchlöchertes Trommelfell,
wenn es im Uebrigen gesund, d. h. nicht allzusehr verdickt oder

erschlafft ist, nicht hin und her schwingen können? Viel wich=
tiger für das Gehör ist, wie wir noch sehen werden, der Zustand
der Knöchelchen und besonders der beiden Fenster. Selbst wenn
das ganze Trommelfell mitsammt Hammer und Ambos verloren
gegangen ist, kann in einzelnen Fällen noch ein leidentliches
Gehör bestehen; die Schwingungen der Luft werden alsdann
direkt auf den Steigbügel und die Haut des ovalen Fensters
übertragen. Das Gehör pflegt demnach bei durchlöchertem Trom=
melfelle sehr verschieden auszufallen. Abgesehen aber von den
Schwankungen, wie sie durch Anfüllung der Paukenhöhle mit
Eiter, Anschwellung ihrer Schleimhaut und dadurch verminderte
Beweglichkeit der Knöchelchen 2c. hervorgebracht werden, gibt es
eine Veränderung des Gehörs, die besonders interessant ist.
Dieselbe pflegt plötzlich aufzutreten, um oft ebenso schnell, oft
mehr allmählig, schon nach wenig Augenblicken oder erst nach
einigen Stunden wieder zu verschwinden. Die Patienten sind
über die zauberartige Verbesserung ihres Gehörs, welche sie
plötzlich auch die kleinsten Geräusche wahrnehmen läßt, erstaunt
und bedauern nur, daß sie nicht länger dauert. Zum Glücke
besitzen wir ein Mittel, wodurch wir die Verbesserung will=
kürlich herbeiführen und festhalten können. Es genügt zu
diesem Zwecke ein befeuchtetes Baumwollkügelchen — etwa von
der Größe einer Erbse — in den Gehörgang vorzuschieben, und
etwas gegen das Trommelfell anzudrücken. Entfernt man das
Kügelchen, so hört die Wirkung auf. Dieselbe Wirkung hat das
sogenannte künstliche Trommelfell von Toynbee (Fig. 5).
Dasselbe besteht aus einem dünnen, kreisrunden Kautschouk=
blättchen von der Größe des wirklichen Trommelfells, in dessen
Mitte ein feiner Silberdraht zum Aus= und Einführen befestigt
ist; es hat schon mancherlei Abänderungen erfahren, und wird
ebenfalls gegen das Trommelfell oder dessen Ueberrest angedrückt.
Toynbee glaubte seine Wirkung dadurch erklären zu müssen, daß
es durch genaues Anschmiegen die Lücke im Trommelfelle ver=
schließe. Es hält aber nicht schwer, nachzuweisen, daß — wenig=
stens für die große Mehrzahl der Fälle — diese Erklärung nicht
stichhaltig ist. Vielmehr scheint die auffallende Wirkung des

Wattekügelchens sowohl, als des künstlichen Trommelfells, auf dem Drucke zu beruhen, den sie auf die Kette der Gehörknöchelchen ausüben. Man muß annehmen, daß in diesen Fällen das Trommelfell mitsammt den Knöchelchen in einem Zustande der Erschlaffung sich befinde, so daß ihnen der Grad von Spannung abgehe, welcher zur Uebertragung von Schallschwingungen nöthig ist. Ob diese Erklärung für alle Fälle passe, muß einstweilen noch dahingestellt bleiben. Man hat übrigens die Wirkung des Baumwollkügelchens auch bei nicht durchlöchertem Trommelfell beobachtet. Es gelingt indeß nicht bei jedem durchlöcherten Trommelfell, diese günstige Wirkung zu erzielen, und auch da, wo es gelingt, muß man den Versuch oft mehrmals wiederholen, bis man die richtige Stelle am Trommelfelle trifft, wo der Druck den gehofften Erfolg hat. Nachher lernen die Patienten mit Leichtigkeit das Instrument ein= und ausführen, was der Rein= lichkeit wegen von Zeit zu Zeit geschehen muß.

B. Die Krankheiten des mittleren Ohres

(d. h. der Paukenhöhle mit den Zugängen zum Labyrinth und dem Eustachischen Kanale) bilden das wichtigste Kapitel der Ohrenheilkunde, da auf ihnen die meisten Fälle von Schwer= hörigkeit und Ohrenkrankheiten überhaupt beruhen.

a. Wir beginnen mit den Krankheiten des Eusta= chischen Kanales, welcher, wie wir gesehen haben, das Gleich= gewicht zwischen der Luft in der Paukenhöhle und der uns um= gebenden Luft herstellen soll. Derselbe ist über einen Zoll lang, an seiner engsten Stelle nicht weiter, als daß eine mittlere Stricknadel ihn gerade noch passiren kann, und mündet im obern Theile des Rachens mit einer weiten Oeffnung; er wird von einer Schleimhaut ausgekleidet, welche eine unmittelbare Fortsetzung der Rachenschleimhaut ist. Es erklärt dies, warum Entzündungen der letztern sich so leicht auf den Eustachischen Kanal fortpflanzen und denselben verstopfen. Seine Durchgängigkeit ist aber für das Hören von großer Wichtigkeit. Verstopft er sich anhaltend, so daß der Luftaustausch unterbrochen ist, so wird die Luft in der nun auf allen Seiten abgesperrten Paukenhöhle durch Aufsaugung von Seite ihrer Wände immer mehr verdünnt, in Folge dessen rückt das Trommelfell, durch den äußern Luftdruck getrieben, mitsammt der Kette der Gehörknöchelchen nach, d. h. es wölbt sich stärker nach innen, und preßt schließlich den Steigbügel tiefer in das ovale Fenster hinein. Der ganze Apparat verliert dadurch seine leichte Beweglichkeit. Gelingt es, durch den Eustachischen Kanal Luft einzutreiben, und dadurch das Trommelfell in seine normale Lage zurückzuführen, so kann man das Gehör momentan verbessern oder selbst ganz herstellen, doch nur vorübergehend, insofern die Verstopfung dadurch nicht bleibend gehoben wird. Es gab eine Zeit, wo man fast in allen Fällen eine Verstopfung des Eustachischen Kanals annahm, besonders seit 1720 ein Postmeister, Guyot in Versailles, die Entdeckung gemacht hatte, daß man eine gebogene Röhre (Ohrkatheter genannt) bis zur Rachenmündung des genannten Kanals vorschieben und damit Luft in die Paukenhöhle einblasen könne.[1] Von dieser Uebertreibung, sowie von mancher andern, ist die neuere Zeit, an der Hand gründlicher Leichenuntersuchungen, zurückgekommen. Immerhin aber verdienen die Krankheiten des Eustachischen Kanales unsere volle Beachtung schon aus dem Grunde, weil er eine Hauptstraße ist, auf der die Schwerhörigkeit ihren Einzug hält. Es ist aber von großer Wichtigkeit, den Gang dieses Feindes zu kennen, denn, wenn es ihm einmal gelungen ist, sich unbemerkt bis zur Paukenhöhle fortzuschleichen und daselbst festzusetzen, so hält es schwer, ihn wieder zu vertreiben. Auf diesen Zusammenhang zwischen Krankheiten des Rachens und der Nase mit Ohrenkrankheiten möchte ich hier besonders aufmerksam machen.

Die Nasenhöhle mündet wie die Mundhöhle nach hinten in den Rachen. Langdauernde Krankheiten der Nasenschleimhaut (Schnupfen) pflanzen sich stets mehr oder weniger auf die obere Rachengegend fort, wo der Eingang in den Eustachischen Kanal sich befindet.

---

[1] Guyot führte sein Instrument durch den Mund ein, und befreite sich so von seiner Schwerhörigkeit. Gegenwärtig wird es allgemein durch die Nase eingeführt.

Es ist bekannt, daß bei der Entzündung des Rachens (Rachenkatarrh, Halsbräune, Halsentzündung, Schluckweh genannt) nicht selten Schmerzen in den Ohren, oft mit Störung des Gehörs sich einstellen, die zwar meist nur vorübergehend sind, und von Ausstrahlung der Entzündung in den Eustachischen Kanal herrühren. Wird der Rachenkatarrh verschleppt, so daß er Monate, selbst Jahre lang dauert, so nehmen zwar die Schmerzen beim Schlucken und in den Ohren ab, die Anschwellung der Schleimhaut aber bleibt zurück, gewöhnlich mit vermehrter Schleimbildung verbunden, welche zu häufigem Räuspern nöthigt. Sehr häufig erstreckt sich die Anschwellung auch in den Eustachischen Kanal hinein, und dadurch, sowie durch den angesammelten Schleim wird derselbe verstopft, Anfangs nur vorübergehend, nach und nach aber bleibend und zwar um so hartnäckiger, je tiefer die Anschwellung in dem Kanal vordringt, bis zu der Stelle, wo er anfängt enger zu werden. Manchmal vergehen darüber Jahre, bisweilen aber braucht es viel kürzere Zeit, um eine sehr hartnäckige oder gar unheilbare Schwerhörigkeit zu erzeugen. Es wird in dieser Hinsicht den Krankheiten des Rachens und der Nase viel zu wenig Aufmerksamkeit geschenkt, besonders in der Jugend. Wie viele Kinder leiden an Verstopfung und Auftreibung der Nase in Folge von Anschwellung der Schleimhaut, an beständigem Schnupfen oder an chronischem Rachenkatarrh, mit oder ohne Vergrößerung der Mandeln. Man kennt sie leicht an dem näselnden Tone der Stimme, sowie daran, daß sie beständig den Mund offen halten, um besser athmen zu können. Ein großer Theil von ihnen leidet ab und zu an Schwerhörigkeit; aber im Anfang, wo Heilung noch leicht möglich wäre, werden selten die geeigneten Mittel angewendet. Die zeitweise Abnahme des Gehörs wird als bloßer Mangel an Aufmerksamkeit erklärt, oder man hofft, daß das Uebel mit den Jahren sich von selbst verliere — und wie die trügerischen Hoffnungen alle heißen. Wenn dann nach Jahr und Tag der konsultirte Ohrenarzt erklärt, das Uebel erfordere eine lange Kur, oder gar, es sei wenig Aussicht vorhanden, dasselbe zu heben, so sind die Eltern unangenehm enttäuscht und ärgerlich über die geringen Leistungen der Ohrenheilkunde.

Es ist hier der Ort, den Einfluß der vergrößerten Mandeln auf das Gehör zu besprechen. Es verhält sich damit, wie mit den Krankheiten des Rachens und der Nase überhaupt. Nicht in jedem Falle äußert sich der üble Einfluß auf das Gehör. Vergrößerte Mandeln an sich bewirken wohl kaum Schwerhörigkeit, dessenungeachtet ist es wünschenswerth, daß sie entfernt werden, denn sie erhalten die Rachenschleimhaut in einem beständigen Reizzustande, der für das Ohr, wie wir so eben gesehen haben, verderblich werden kann.

Während Krankheiten des Rachens sich häufig durch den Eustachischen Kanal nach der Paukenhöhle fortpflanzen, tritt viel seltener der umgekehrte Fall ein, am seltensten aber erkrankt der Kanal für sich allein.

b. Wir kommen nun zu den Entzündungen der Paukenhöhle, und müssen hier vor Allem die hitzige (akute) Form von der schleichenden (chronischen) unterscheiden.

Die hitzige Entzündung der Paukenhöhle ist eine schmerzhafte und bei heftigen Graden sehr ernsthafte Krankheit, die wegen der Nähe des Gehirns selbst das Leben bedrohen kann. Man hat sie in eine eitrige und nicht eitrige Form unterschieden, indessen hängt es nur von dem Grade der Entzündung und der besondern Natur des Kranken ab, ob es zu Eiterbildung kommt oder nicht. Als Ursachen werden genannt: äußere Schädlich= keiten (besonders wenn das Trommelfell schon von früher her durchlöchert war), z. B. starke Erkältung der Ohren durch Zug= luft, kaltes Baden 2c.; ferner beobachtet man die Krankheit beim Scharlachfieber, wo sie oft sehr heftig auftritt, und in kurzer Zeit zum Verluste des Trommelfells führt, bei den Masern, den Pocken, dem Nervenfieber. Gewöhnlich ist der Eustachische Kanal mitergriffen, manchmal auch der äußere Gehörgang. Die Krank= heit beginnt gewöhnlich mit heftigen Schmerzen in dem ergrif= fenen Ohre, sowie mit Schwerhörigkeit und lästigen Geräuschen. Fieber fehlt in heftigen Fällen nie, und es können dannzumal alle Erscheinungen eine bedrohliche Höhe erreichen. Wenn es nicht zu Eiterung in der Paukenhöhle kommt, so endet bei gehöriger Pflege die Krankheit gewöhnlich günstig; sie dauert dann selten länger als zwei bis drei Wochen, nach welcher Zeit das Gehör indessen noch nicht den frühern Grad von Schärfe erreicht hat und meist eine Nachbehandlung nöthig macht. Hat sich aber Eiter gebildet, so ist dies wegen seiner abgesperrten Lage immer ein übles Ereigniß. Der Eingang in den Eustachischen Kanal liegt um ein Ziemliches höher als der Boden der Paukenhöhle, also nicht günstig für den Abfluß des Eiters und zudem ist er meistens verstopft. Auch durch das Trommelfell kann sich der Eiter gewöhnlich nur unvollkommen entleeren, sei es, daß dasselbe von der Eiterung durchbrochen oder von dem Arzte zu diesem Behufe angestochen wird. Häufig senkt sich der Eiter aus der Paukenhöhle in die mit ihr zusammenhängenden Hohlräume des Warzenfortsatzes (Fig. 3, z. u. A). Es ist dies der rundliche Knochen, den man unmittelbar hinter dem Ohrläppchen fühlt. Hier liegt der Eiter oft lange Zeit, selbst Jahre lang eingesperrt, wenn es ihm nicht gelingt, sich durch den Knochen einen Weg nach Außen, d. h. nach unten, zu bahnen. Er verursacht dann zeitweise die heftigsten Schmerzen und kann zu tödtlicher Hirnentzündung führen. In solchen ungünstigen Fällen muß man durch einen bis auf den Knochen gehenden Einschnitt der Natur zu Hülfe kommen, und wo dies nicht genügt, hat man sich durch die Knochenrinde hindurch einen Weg zum Eiter gebahnt und dadurch schon manches gefährdete Leben gerettet.

Die schleichende (chronische) Entzündung der Paukenhöhle ist unbestritten die häufigste Ohrenkrankheit. Sie geht entweder aus der hitzigen Form hervor, wenn dieselbe aus irgend einem Grunde nicht vollkommen heilt, oder aber sie tritt von Anfang an schleichend, schmerzlos auf. Man unterscheidet zwei Hauptformen, die in ihrem ganzen Krankheitsbild sehr von einander abweichen, die eitrige und die nicht eitrige einfache Form. Bei der ersteren ist das Trommelfell fast immer durchlöchert und Ohrenfluß vorhanden, bei der letzteren nicht. Die chronische eitrige Entzündung der Paukenhöhle, auch innerer Ohrenfluß genannt (im Gegensatz zum äußern

Ohrenfluß, vergleiche oben pag. 22) ist meistentheils nur Folgezustand hitziger Entzündungen, sowohl der Paukenhöhle, als des äußern Gehörgangs, nachdem dieselben zu Durchlöcherung des Trommelfells geführt haben. Wir haben oben gesehen, daß ein Loch im Trommelfelle, mag es aus irgend einem Grunde von außen oder von innen her entstanden sein, stets einen mehr oder minder reichlichen Ohrenfluß, d. h. eine eitrige Entzündung der Paukenhöhle unterhält. Die Schleimhaut der letztern ist dabei oft nur wenig verändert, oft aber so bedeutend, daß die vorher dünne, glatte Haut einer mit Eiter bedeckten, rothen Wundfläche gleicht. Die Haupterscheinungen sind also: ein mehr oder minder reichlicher, oft sehr übelriechender Ohrenfluß (bei durchlöchertem Trommelfell) und Schwerhörigkeit verschiedenen Grades. Es gibt allerdings auch seltene Fälle, wo das Trommelfell nicht durchlöchert ist, und kein Ohrenfluß besteht; alsdann hat sich der Eiter gewöhnlich nach dem Warzenfortsatz gesenkt, und sucht dort einen Ausgang. Vergleiche pag. 31. Schmerzen sind nur selten vorhanden; sie entstehen meist nur, wenn durch Erkältung oder andere Schädlichkeiten die Entzündung gesteigert wird. Oft spüren die Kranken beim Schneuzen deutlich, wie die Luft (die dabei, da sie nach keiner andern Richtung entweichen kann, von dem Rachen durch den Eustachischen Kanal in die Paukenhöhle getrieben wird) mit einem pfeifenden Geräusch durch das Loch im Trommelfell entweicht. Auf diese Weise können Raucher den Tabaksrauch zum Ohre hinausblasen. Von dem abwechselnden Gehöre war oben, pag. 26, schon die Rede. Obgleich nun das Leiden an und für sich nicht bedenklich scheint, so birgt es doch mancherlei Gefahren, und es gibt Lebensversicherungsgesellschaften, welche mit eitrigem Ohrenflusse Behaftete nicht oder nur unter erschwerenden Bedingungen aufnehmen. Da nämlich die Paukenhöhle vom Gehirn, sowie von einigen großen Blutgefässen nur durch dünne Knochenwände getrennt ist, so kann es leicht geschehen, daß dieselben von der langwierigen Eiterung durchfressen werden, wodurch allerlei schlimme, meist tödtliche Zufälle entstehen, als: eitrige Hirnentzündung, Uebergang eitriger Stoffe in's Blut re. So ist z. B. das Dach der

Paukenhöhle, auf welchem unmittelbar das Gehirn aufliegt, sehr dünn, in einzelnen Fällen sogar durchscheinend dünn. Siehe Figur 3, x. Zum Troste Aller, die an Ohrenfluß leiden, muß ich indessen sagen, daß solche schlimme Zufälle im Ganzen selten beobachtet werden, und sie würden noch viel seltener sein, wenn das Uebel nicht so häufig vernachlässigt und geringgeschätzt würde. Mögen sich die, welche es angeht, warnen lassen! Man hüte sich sorgfältig vor Erkältung, verstopfe bei scharfem Winde oder kaltem Wetter und erhitztem Körper die Ohren mit etwas Baumwolle oder binde ein Tuch vor; man vermeide beim Baden in kaltem Wasser den Kopf unterzutauchen 2c. Bei eintretender Verschlimmerung mit bohrenden Schmerzen wende man sich recht- zeitig an den Arzt. Reinlichkeit (durch tägliches Ausspritzen mit lauwarmem Wasser) ist besonders bei reichlichem Ohrenfluß un- erläßlich.

Das Ausspritzen wird unterstützt durch den sogenannten Valsalva'schen Versuch, d. h. indem man dieselbe Anstrengung macht wie beim Schneuzen, aber Nase und Mund fest verschließt, wodurch der Luftstrom in die Pauken- höhle getrieben und der Eiter durch das Loch im Trommelfell herausgeschleu- dert wird. Noch besser wirkt das sogenannte Politzer'sche Experiment, bei wel- chem mit einem Kautschoukballon, dessen biegsames Ansatzrohr man in die Nase einführt, während einer Schluckbewegung Luft in die Paukenhöhle getrieben wird. Die entzündliche Auflockerung der Paukenhöhlenschleimhaut muß durch geeignete Mittel bekämpft und allfällige Wucherungen zerstört werden.

Wir haben oben die interessante Wirkung des Wattekügel- chens und des künstlichen Trommelfells kennen gelernt; wir haben ferner gesehen, daß, abgesehen von diesen plötzlichen Schwankungen, das Gehör im Ganzen genommen sehr verschieden ausfällt und nicht von der Größe des Trommelfelloches ab- hängt; daß es viel mehr auf die Beweglichkeit der Knöchelchen, und besonders auf den Zustand der beiden Fenster und des La- byrinths ankommt. Sind die Häute des letztern stark verdickt oder von der Schleimhaut überwuchert, so begreift man, daß die Fortpflanzung der Schallwellen zum Labyrinth sehr erschwert ist. Ebenso sind Erkrankungen des letztern eine häufige, aber noch nicht genug erforschte Folge von Entzündungen der Pauken- höhle.

Die einfache, nicht eitrige Form der chronischen Paukenhöhlenentzündung (gewöhnlich schlechtweg als chronischer Mittelohrkatarrh bezeichnet) ist die häufigste Ursache von Schwerhörigkeit. Seit man in den letzten zwanzig Jahren angefangen hat, die krankhaften Veränderungen in der Paukenhöhle genauer zu untersuchen, hat diese Krankheit eine große Bedeutung erlangt. Viele von den Fällen, die man früher als nervöse Taubheit bezeichnete, d. h. deren Ursache man im Labyrinth oder Hörnerven suchte, müssen gegenwärtig unter den chronischen Mittelohrkatarrh verwiesen werden.

Die Krankheit besteht in einer schmerzlosen, schleichenden Entzündung, welche zu allmähliger Verdickung oder Verhärtung der die Paukenhöhle überziehenden Haut, der sogenannten Schleimhaut, führt und dadurch die Beweglichkeit des Trommelfells, der Gehörknöchelchen, sowie der die Labyrinthfenster verschließenden Häute beeinträchtigt. Man muß nämlich wissen, daß die Schleimhaut der Paukenhöhle allen in der letzteren enthaltenen Theilen einen Ueberzug gibt, also auch die Gelenkverbindungen der Knöchelchen bekleidet. Durch die entzündliche Schwellung der Schleimhaut entstehen ferner nicht selten Verwachsungen zwischen benachbarten Theilen. So findet man das Trommelfell mit der gegenüberliegenden Wand der Paukenhöhle verwachsen, bisweilen auch mit dem langen Ambosschenkel, oder den letztern mit dem Hammerstiel. Bald sind es nur zarte Stränge, kaum von der Dicke eines Bindfadens, welche die Beweglichkeit nur wenig hemmen, bald aber straffe Bänder, oder selbst Verlöthungen in größerem Umfange. Um die Entstehung dieser Verwachsungen zu begreifen, muß man sich die kleinen Räumlichkeiten der Paukenhöhle vergegenwärtigen — von der Mitte des Trommelfells bis zur gegenüberliegenden Wand der Paukenhöhle ist kaum 1''' Entfernung, wie leicht kann sich da die geschwellte Schleimhaut von beiden Seiten berühren und verwachsen. Auf diese Weise, sowie durch die bloße Verdickung der Schleimhaut wird die Beweglichkeit der Knöchelchen gehemmt, entstehen Steifigkeiten in den Gelenken. Am fatalsten aber ist es für das Gehör, wenn diese Vorgänge sich an den Pforten des Labyrinths, an den beiden

Fenstern abspielen. Der feine, häutige Saum, welcher die Fuß=
platte des Steigbügels an den Rand des ovalen Fensters be=
festigt (vergleiche Figur 1) und dem erstern seine Beweglichkeit
sichert, kann hart und starr werden, ja selbst verknöchern, so daß
der Steigbügel völlig unbeweglich wird und nicht mehr im Stande
ist, die Schwingungen des Trommelfells auf das Labyrinthwasser
zu übertragen. Auch am runden Fenster kommen ähnliche Ver=
änderungen vor, welche ebenfalls sehr nachtheilig auf das Gehör
wirken, denn damit der Steigbügel das Labyrinthwasser in Be=
wegung versetzen kann, muß für das letztere die Möglichkeit vor=
handen sein, am runden Fenster dem erhaltenen Stoß auszuweichen
zu können. Ist nämlich das runde Fenster vermauert, so müßte
der Steigbügel, um sich nach einwärts zu bewegen, das Laby=
rinthwasser zusammenpressen, dazu reicht aber die Kraft einer
Schallwelle nicht aus. — Der Art sind die mannigfachen Ver=
änderungen, die in der Paukenhöhle vor sich gehen; was den
Eustachischen Kanal anlangt, so ist er bald frei und vollkommen
durchgängig, bald aber durch entzündliche Schwellung der Schleim=
haut verstopft; bald beginnt die Krankheit in der Paukenhöhle,
bald pflanzt sie sich vom Rachen aus dahin fort. Es sieht
überhaupt in diesem umfangreichsten Kapitel der Ohrenheilkunde
zur Stunde noch bunt aus. So werden von den deutschen
Ohrenärzten selbst Fälle von bloßer Verstopfung des Eustachi=
schen Kanals, wie sie besonders bei Kindern in Folge von Nasen=
und Rachenkatarrh vorkommen, hieher gerechnet, Fälle, wo es
laut den beigefügten Krankengeschichten zur Wiederherstellung des
Gehörs genügte, ein= oder zweimal Luft durch den Eustachischen
Kanal zu treiben, wo es sich also nicht um eine wirkliche Er=
krankung der Paukenhöhle handeln konnte. Solche Fälle, soge=
nannte Rachentaubheit, sollte man streng von der wirklichen Ent=
zündung der Paukenhöhle trennen; freilich könnte man sich als=
dann weniger günstiger Heilerfolge beim chronischen Mittelohr=
katarrh rühmen. Aber auch nach Ausschluß dieser Fälle gibt es
von dem Katarrh des Rachens mit bloßer Verstopfung des Eusta=
chischen Kanals bis zur Entzündung der Paukenhöhle alle mög=
lichen Uebergänge, und es ist begreiflich, daß sich die Krankheit

um so leichter heilen läßt, je weniger sie nach innen vorgedrungen ist, und je weniger Veränderungen sie in der Paukenhöhle hervorgerufen hat. Am schlimmsten sind die Fälle, wo die Krankheit in der letztern beginnt, und daselbst die oben beschriebenen Zustände hervorruft, gewöhnlich ohne den Eustachischen Kanal in Mitleidenschaft zu ziehen. Ich will diese Form die rheumatische (oder nach dem Vorgange von v. Trölsch den trockenen Mittelohrkatarrh) nennen, im Gegensatz zur katarrhalischen Form (dem feuchten Mittelohrkatarrh), wo die Krankheit umgekehrt meistens im Rachen beginnt, stets mehr oder weniger mit Verstopfung des Eustachischen Kanals verbunden ist, und wo es sich überhaupt mehr um katarrhalische Zustände: Anschwellung der Schleimhaut, vermehrte Schleimbildung, handelt.

Auf die Namen kommt es dabei nicht an[1], die Hauptsache ist, daß man endlich anfange, die verschiedenen Formen auseinander zu halten. Erst in seiner neuesten Arbeit unterscheidet von Tröltsch, der sich um die wissenschaftliche Entwicklung der Ohrenheilkunde sehr große Verdienste erworben hat, einen trockenen und feuchten Mittelohrkatarrh, und gesteht zu, daß bei der ersteren Form wenig Hoffnung für eine erfolgreiche Behandlung vorhanden sei. Er hat dadurch einen frühern Fehler wieder gut gemacht, wonach er die Krankheiten der Paukenhöhle mit denen des Eustachischen Kanals und sogar des Rachens (beziehungsweise des Eingangs zum Kanal) unter dem Namen des chronischen Mittelohrkatarrhs zusammenfaßte. Ich betrachte diese Unterscheidung als einen Fortschritt, und es ist zu wünschen, daß alle Kollegen dieselbe mit Aufrichtigkeit durchführen, und man endlich einmal aufhöre, die geringen Heilresultate bei der rheumatischen, trockenen Form durch absichtliches Zusammenwerfen mit leicht heilbaren, zum Theil gar nicht hieher gehörenden Formen verdecken zu wollen. Eine solche eitle Schönfärberei, die Uneingeweihte eine Zeit lang zu täuschen vermag, könnte dem Ansehen der Ohrenheilkunde in den Augen der Aerzte nur schaden.

Die rheumatische oder trockene Form trifft nach meiner Erfahrung meist nur Erwachsene. In manchen Familien ist diese schlimme Krankheit erblich; außerdem wird als häufige

---

[1] Mein Aufsatz war zum größten Theil vollendet, als ich die neuesten Arbeiten von Tröltsch's zu Gesicht bekam, und deßhalb habe ich die von mir gewählte Bezeichnung als rheumatische Form beibehalten, zu deren Rechtfertigung ich anführen kann, daß die sogenannte Schleimhaut der Paukenhöhle nicht nur in ihrem Bau, sondern auch in der Art des Erkrankens viel Analogie mit einer serösen Haut zeigt. Ich lege aber, wie gesagt, auf den Namen kein Gewicht.

Urſache wiederholte Erkältung angegeben — aus welchem Grunde gewiſſe Berufsarten dazu disponiren. Bisweilen läßt ſich ein Zuſammenhang mit rheumatiſchen Leiden nachweiſen, in einigen Fällen ſcheint das Wochenbett den erſten Anſtoß zu geben, nicht ſelten aber läßt ſich keine Urſache auffinden, und man muß dann wohl eine beſondere Neigung des Ohres für dieſe Erkrankung an= nehmen. Die Krankheit beginnt immer in der Paukenhöhle als eine ſchleichende Entzündung, welche nach und nach die oben be= ſchriebenen Veränderungen (Verdickung, Starrheit des Ueber= zugs der Paukenhöhle und der Knöchelchen, Verwachſungen, Un= beweglichkeit des Steigbügels ꝛc.) herbeiführt. Der Euſtachiſche Kanal iſt in den meiſten Fällen vollkommen durchgängig und ohne vermehrte Schleimabſonderung. Es iſt eine der ſchleichend= ſten Krankheiten, die es gibt, ſo daß die Kranken erſt im Laufe der Jahre durch die allmälige Abnahme des Gehörs auf ihr Leiden aufmerkſam werden. Häufig iſt Ohrenſauſen vorhanden, oder ein Gefühl von Völle; manchmal zeigt ſich vorübergehend, beſonders nach Erkältungen, ein kneipendes Gefühl im Ohr, das man kaum als Schmerz bezeichnen kann. Der Gehörgang iſt bei längerer Dauer nicht ſelten trocken, und die Kranken ſchreiben dann irriger Weiſe ihre Schwerhörigkeit dem mangelnden Ohren= ſchmalze zu. Dieſe Form iſt das Kreuz der Ohrenärzte; ſie iſt es, welche die Ohrenheilkunde beim Publikum in Mißkredit bringt. Denn trotz der gewundenen Redensarten, mit denen man die un= angenehme Thatſache zu verdecken ſucht, trotz der beigefügten, günſtigen Krankengeſchichten und der ſchönen Tabellen der Hand= bücher, in denen die meiſten Kranken als geheilt figuriren,[1] bleibt ſie doch in den meiſten Fällen ungeheilt. Es beweiſt dieß die große Zahl ſolcher Kranken, die bei allen Ohrenärzten Euro= pa's Heilung ſuchen und nicht finden. Man muß aber bedenken, daß, wenn ſich z. B. Verwachſungen gebildet haben, nur die Löſung derſelben mit dem Meſſer helfen könnte, und eine ſolche Operation, die durch das Trommelfell hindurch zu geſchehen

---

[1] Ich habe oben angedeutet, was für eine Bewandtniß es damit hat.

hätte, wird bei den kleinen räumlichen Verhältnissen auch für die Ohrenheilkunde der Zukunft keine leichte Aufgabe bilden. Noch weniger wird man den Steigbügel aus der knöchernen Verwachsung mit dem ovalen Fenster lösen, oder den entarteten, starr und steif gewordenen Fensterhäuten ihre frühere Schwingungsfähigkeit wieder geben können.

Die Behandlung besteht, neben Berücksichtigung der allgemeinen Gesundheitsverhältnisse und Beseitigung allfälliger krankhafter Zustände im Rachen und der Nase, hauptsächlich in dem Eintreiben von Luft oder flüssigen Arzneimitteln mittelst des Ohrkatheters in die Paukenhöhle, um theils die starren Häute, sowie allfällige Verwachsungen zu dehnen und dadurch beweglicher zu machen, theils die krankhafte Beschaffenheit der Schleimhaut zu verbessern. In unheilbaren Fällen hat man angefangen, ein Loch aus dem Trommelfelle auszuschneiden, und will davon bisweilen günstige Erfolge gesehen haben; doch sind die Erfahrungen noch nicht zahlreich genug. Manchen Kranken leisten die englischen Schallfänger gute Dienste (siehe unten bei den Hörmaschinen).

Die katarrhalische Form (der feuchte Mittelohrkatarrh) ist fast immer mit Verstopfung des Eustachischen Kanals verbunden. Es gehören hieher vor Allem die Fälle, wo die Krankheit aus einem Schnupfen oder Rachenkatarrh entsteht, und erst nach längerer Dauer Veränderungen in der Paukenhöhle dazu kommen. Die Fälle, wo die Krankheit in der Paukenhöhle beginnt, nähern sich schon mehr der rheumatischen Form, unterscheiden sich aber durch die stärkere Betheiligung der Schleimhäute des Rachens und des Eustachischen Kanals und die fast immer vorhandene Verstopfung des letztern. Auch die Vorgänge in der Paukenhöhle sind gewöhnlich anderer Natur; doch muß man nicht glauben, daß diese Form immer streng von der vorigen zu unterscheiden sei. Es gibt alle möglichen Uebergänge zwischen beiden; zwischen den Endgliedern der Reihe aber ist ein bedeutender Unterschied. Diese Form ist für den Ohrenarzt viel dankbarer, als die rheumatische und die Vorhersage kann um so günstiger gestellt werden, je mehr der Rachen dabei betheiligt ist, und je weniger man annehmen muß, daß sich schon bedeutendere Veränderungen in der Paukenhöhle ausgebildet haben (vergleiche das oben über die Krankheiten des Eustachischen Kanals Gesagte). Man kann dann hoffen, durch energische Behandlung der Nasen- und Rachenschleimhaut in Verbindung mit Einspritzungen in die Paukenhöhle das Uebel zu beseitigen, oder wenigstens zu bessern.

An die Krankheiten der Paukenhöhle reihen sich die Ohrpolypen. Es sind dies krankhafte Auswüchse, welche theils aus der Schleimhaut der Paukenhöhle, theils aus dem Trommelfelle, oder dem äußeren Gehörgange hervorwachsen. Nach ihrem Baue unterscheidet man mehrere Formen. Sie sind meistentheils weich, oft aber auch von bedeutender Härte. Ihre Form und Größe ist sehr verschieden, das freie Ende ist gewöhnlich rundlich, kolbig und sitzt wie eine Birne mit einem dickeren oder dünneren Stile auf. Sie können von der Paukenhöhle aus durch das Trommelfell hindurch in den Gehörgang hineinwachsen und bis zur Mündung desselben vordringen. So lange sie klein sind, machen sie oft wenig Beschwerden; wenn sie aber die Paukenhöhle und den Gehörgang ganz ausfüllen, so leidet natürlich das Gehör. Außerdem unterhalten sie einen äußerst hartnäckigen, eitrigen Ohrenfluß, der nur durch ihre Beseitigung geheilt werden kann, und dessen üble Folgen wir oben kennen gelernt haben. Auch können die Wandungen der Paukenhöhle durch den Druck des wachsenden Polypen allmählig zerstört werden, und dadurch schlimme Zufälle entstehen. Es ist daher rathsam, die Polypen so früh als möglich zu entfernen[1]). Rohe Ausreißungsversuche ohne vorhergegangene, genaue Untersuchung und besonders das Eingießen von ätzenden Flüssigkeiten, um den Polypen zu zerstören, sind aber streng zu verpönen.

C. Die Krankheiten des Labyrinths

(und des Gehörnerven) oder die sog. nervöse Taubheit spielten früher eine große Rolle, zu einer Zeit, wo die mannigfachen krankhaften Zustände der Paukenhöhle, wie wir sie beim chronischen Mittelohrkatarrh kennen gelernt haben, noch unbekannt waren. Es ist nun aber kein Zweifel, daß die Mehrzahl der früher unter die nervöse Taubheit gerechneten Fälle auf Veränderungen in der Paukenhöhle beruhen, und man ist gegen-

---

[1]) Das beste Instrument hiezu ist der Wilde'sche Polypenschnürer.

wärtig der Ansicht, daß selbstständige Erkrankungen des Laby=
rinths nicht häufig vorkommen. Allerdings ist unsere Kenntniß
derselben zur Stunde noch sehr mangelhaft, was theils in der
schwierigen und zeitraubenden Untersuchung der im Knochen ein=
gebetteten, ungemein zarten und kleinen Theile seinen Grund
hat, theils auch in der seltenen Gelegenheit zu einer solchen
Untersuchung, da — wenigstens in der Privatpraxis — die
Herausnahme der Felsenbeine aus der Leiche gewöhnlich verwei=
gert wird. Von den einzelnen Beobachtungen, die wir über die
Krankheiten des Labyrinths besitzen, habe ich schon oben (pag.
15 und 16) einige der interessantesten mitgetheilt. Da der Hör=
nerv seinen Ursprung im Gehirn hat, und in ihm eine Strecke
weit verläuft, ehe er durch eine Oeffnung des Felsenbeins in
das Labyrinth eintritt, so können begreiflicher Weise auch Hirn=
krankheiten zu Taubheit führen, doch ist dies seltener der Fall.

Das Ohrentönen oder die krankhaften Geräusche im Ohr.

Wir haben oben gesehen, daß, so oft die Fasern des Hör=
nerven auf irgend eine Art gereizt werden, stets eine Schall=
empfindung entsteht. Es ist bekannt, daß wir zu jeder Zeit, auch
im dunkelsten Zimmer, eine Lichtempfindung hervorrufen können,
wenn wir unseren Augapfel mit dem Finger drücken, wodurch der
Sehnerv gequetscht und dadurch gereizt wird. Könnten wir den
in der Tiefe des Knochens liegenden Hörnerven in derselben
Weise drücken, so müßten wir nothwendig einen Ton oder ein
Geräusch hören. Drücken wir einen Finger in den Gehörgang,
so hören wir in der That ein Summen oder Brausen, welches
von dem Drucke herrührt, welchen der Finger auf die Luft des
Gehörgangs und dadurch auf das Trommelfell und schließlich
auf die im Labyrinthwasser schwimmenden Nervenfasern aus=
übt. Blutandrang nach dem Kopfe macht Ohrenklingen; ebenso
tritt Ohrensausen ein bei Verblutung, bei Ohnmacht. Im
ersteren Falle ist die Spannung der Blutgefäße im Ohr vor=
übergehend gesteigert, im letzteren Falle vermindert, und diese
Veränderung genügt, um den empfindlichen Gehörnerven zu
reizen. Man sieht also, daß Schallempfindungen nicht bloß

entstehen durch die Schwingungen tönender Körper, sondern auch
durch krankhafte Zustände im Ohre selbst, welche den Gehörnerven
erregen. Auf diese Weise entstehen die verschiedenen krankhaften
Geräusche, welche so häufig bei Ohrenleiden vorkommen und oft
schwerer zu ertragen sind, als die damit verbundene Taubheit.
Vermehrter Druck auf das Labyrinthwasser, Unregelmäßigkeiten
des Blutlaufs im Labyrinth mögen nebst vielen andern die häu-
figsten Ursachen sein. Man begreift, daß es kein Universal-
mittel gegen das Ohrentönen geben kann, sondern daß es darauf
ankommt, die Grundkrankheit (z. B. die Entzündung der Paukenhöhle) oder wenigstens die dadurch hervorgerufenen Störungen
im Labyrinth zu beseitigen.

Taubstummheit.

Taubstumm [1]) heißt derjenige, welcher ohne Gehör geboren
wurde, oder dasselbe in den ersten Lebensjahren verlor und
wegen Mangel des Gehörs die Sprache nicht erlernen konnte.
Nicht nur das taubgeborne Kind wird taubstumm (angeborne
Taubstummheit), sondern auch solche, die erst nach der
Geburt in den ersten Lebensjahren durch irgend eine Krankheit
des Gehörs verlustig wurden (erworbene Taubstummheit).
Wenn ein Kind um sein Gehör kommt, ehe es sprechen gelernt
hat, so ist begreiflich, daß es nachher in Bezug auf Erlernung
der Sprache nicht besser gestellt ist, als ein taubgeborenes, aber
auch für solche, welche bereits sprechen können, ist Gefahr vorhanden, daß sie die Fähigkeit zu sprechen wieder verlieren, wenn
sie vor dem sechsten oder siebenten Jahre taub werden. Um
dieß zu verhüten, muß der Erziehung eines solchen Kindes eine
besondere Sorgfalt gewidmet, der Rest des Gehörs, der ihm noch
geblieben ist, muß fleißig geübt und methodische Sprechübungen
angestellt werden. Dieselbe Sorgfalt erheischt ein Kind, das in
den ersten Lebensjahren in hohem Grade schwerhörend geworden
und dadurch für die Erlernung der Sprache sehr übel gestellt ist.

---

[1]) Man rechnet, daß in Europa im Durchschnitt auf je 1526 Seelen ein
Taubstummer komme.

Nur durch beharrliche Anstrengung kann es vor Taubstummheit bewahrt werden.

Es ist für Eltern und Erzieher sehr beherzigenswerth, was von Tröltsch[1]) darüber sagt: „Nehmen wir einen ganz bestimmten Fall an. In Folge eines akuten oder chronischen Ohrkatarrhes bilden sich Verdichtungen und Verlegungen des runden Fensters neben Ankylose des Steigbügels aus. Diese materiellen Veränderungen werden jedenfalls eine Schwerhörigkeit höhern Grades bedingen, etwa so, daß ein Erwachsener nur versteht, wenn laut und langsam, ganz in der Nähe des Ohres gesprochen wird. So beim Erwachsenen, der früher hörte, an das Verstehen der Sprache von jeher gewöhnt war, und sich äußern kann, wenn man ihm jetzt nicht deutlich und nahe genug spricht. Wie wird sich nun derselbe Grad von Schwerhörigkeit bei einem kleinen Kinde äußern, das überhaupt noch nicht hören und auf das zu Hörende aufmerken gelernt, und für das die Worte der Mutter ja ursprünglich noch dasselbe sind, was für uns eine fremde, unbekannte Sprache ist, von der wir nicht wissen, was die Laute bedeuten und ausdrücken, welche an unser Ohr dringen. Ein solches Kind, welches das, was seine Umgebung spricht, nur unter besonders günstigen Verhältnissen, also nur zeitweise, deutlich vernimmt, dem so die Gelegenheit, allmälig und von selbst auch den Sinn und die Bedeutung der Worte zu lernen, zum großen Theil, wenn nicht ganz fehlt, wird sich bald gar nicht mehr für Gesprochenes interessiren, sich vorwiegend an die Deutung von Zeichen und Hinweisungen halten, und noch weniger wird es Versuche machen, selbst zu sprechen, d. h. zu reproduziren, nachzusprechen, weil die Sprache der Andern, welche allein die Anregung zum Selbstsprechen gibt, für dasselbe eigentlich nicht vorhanden ist. Auf diese Weise wird das Hören immer weniger geübt und gelernt, das Kind macht immer mehr den Eindruck eines vollständig tauben Wesens, mit dem zu reden Thorheit wäre; die Veranlassung zum Sprechen fehlt auch und somit wird das Kind, das eigentlich nur schwerhörend war, immer mehr taub und stumm. Dasselbe Kind aber, wenn man ihm — wie dem Erwachsenen — langsam und deutlich in's Ohr gesprochen, und ihm die mit der Sprache bezeichneten Gegenstände vor's Auge gebracht hätte, würde allmälig gelernt haben zu hören und ebenso zu verstehen, was das Gehörte ausdrückt, würde Interesse an der Sprache genommen und das Gehörte nachzubilden, d. h. selbst zu sprechen versucht haben; es wäre also durch diese Behandlung einfach schwerhörig geblieben, und hätte leidlich sich auszudrücken vermocht. Aehnlich verhält es sich, wenn ein bereits sprechendes Kind in frühem Alter hochgradig schwerhörend wird."

Bei ältern Kindern und bei Erwachsenen geht durch den Verlust des Gehörs die Sprache nicht mehr verloren. Man ersieht daraus die große Wichtigkeit einer früh=zeitigen Behandlung der Ohrenkrankheiten in den ersten Lebensjahren.

---

[1]) Die Krankheiten des Ohres, 1862, pag. 239 und 240.

In den meisten Fällen ist die Taubstummheit angeboren.[1]) Sie beruht alsdann auf mangelhafter Entwicklung des Gehörorgans, Fehlen wichtiger Theile desselben, kann aber auch durch Krankheiten vor der Geburt bedingt sein. In einigen Fällen ist zugleich Blödsinn und Schwäche oder Lähmung der Glieder vorhanden, was auf krankhafte Zustände des Gehirns deutet. Häufig ist eine erbliche Anlage nachweisbar, auch zu nahe Blutsverwandtschaft der Eltern (Geschwisterkinder) wird als Ursache genannt.

Unter den Ursachen der erworbenen, d. h. erst nach der Geburt entstandenen Taubstummheit sind besonders zu erwähnen: Scharlachfieber, Masern, Blattern, Nervenfieber, Keuchhusten, Mumps; ferner die verschiedenen Krankheiten des Gehirns, wie sie in den ersten Lebensjahren nicht selten vorkommen (Gichter, Krämpfe, Konvulsionen), endlich Kopfverletzungen, plötzliche heftige Erkältung ꝛc.

Die Frage, ob eine angeborene, oder nach der Geburt entstandene Taubheit vorliege, ist im einzelnen Falle oft schwierig zu beantworten. Die Eltern sind im Ganzen immer geneigt, das letztere anzunehmen. Es frägt sich überhaupt, woran man im ersten Jahre erkennen könne, ob ein Kind höre, oder nicht. Bei Neugeborenen findet man die Paukenhöhle vollständig ausgefüllt durch die angeschwollene Schleimhaut, in welcher die Gehörknöchelchen eingebettet sind, und es ist anzunehmen, daß in der ersten Zeit nach der Geburt alle Kinder gar nicht oder nur sehr unvollständig hören, während der Gesichtssinn bereits entwickelt ist.

„Ein kluges Kind wird seine Mutter in der Zeit zwischen sechs Wochen und zwei Monaten erkennen, und nach dieser Zeit wird es anfangen, denen zuzulächeln, die es zu sehen gewohnt ist. Während des dritten Monates scheinen Kinder Töne wahrzunehmen, und im vierten zeigen sie ein Wohlgefallen an besondern Tönen, an Zirpen, Pfeifen u. s. w. Nach dieser Zeit fangen sie an, die Stimme zu erkennen und vom vierten bis zum sechsten Monat ist vielleicht der früheste Zeitraum, in welchem man sich eine Meinung in Bezug auf das Hörey eines Kindes bilden kann; aber da die Idee der Taubheit sich

---

[1]) In Irland kamen bei der Zählung im Jahre 1861 auf acht Taubstumme sieben taub Geborene.

nie aufdrängt, so fangen die Angehörigen und Wärter selten früher als bis nach dem zwölften Monat an, wahrzunehmen, daß das Kind nicht hört, wenn nicht schon andere Taubstumme in der Familie sind. Nach dem fünften oder sechsten Monat erkennen Kinder besondere Töne und unterscheiden die Stimme der verschiedenen Personen." (Wilde.)

Wenn man das Gehör eines Kindes prüfen will, so muß man sich erinnern, daß bei starken Tönen oder Geräuschen die Schwingungen (der Luft, des Bodens) nicht nur durch das Ohr, sondern auch durch das Gefühl wahrgenommen werden können, und das letztere pflegt bei Tauben eine außerordentliche Feinheit zu erlangen. Stellt man sich indessen im Rücken des Kindes auf und ruft in einem Augenblicke, wo man sicher ist, nicht von ihm beobachtet zu werden, laut seinen Namen, so kann man, wenn es nicht aufblickt oder den Kopf herumdreht, annehmen, daß es taub, oder wenigstens sehr schwerhörend sei.

Mit der Erlernung der Sprache ist es bekanntlich sehr verschieden, wobei oft erbliche Anlagen in's Spiel kommen. Manche Kinder fangen schon zwischen dem zwölften und achtzehnten Monat an zu sprechen, andere erst nach dem zweiten Jahre; einige sprechen mit zwei Jahren deutlich aus, andere nicht vor dem neunten oder zehnten Jahre.

Ist bei einem Kinde Taubstummheit, sei sie angeboren oder erworben, festgestellt, so sollte es mit dem sechsten oder siebenten Jahre in eine Taubstummenanstalt gebracht werden, da durch Mangel an Uebung die Zunge sonst ihre Beweglichkeit mehr verliert. Droht das Gehör eines Kindes unter sechs oder sieben Jahren — so lange dauert nämlich die Gefahr der Taubstummheit — durch Krankheit verloren zu gehen, so muß man durch unermüdliche Sprechübungen, nöthigenfalls mit Hülfe eines Hörrohrs, die vorhandene Sprachfertigkeit zu erhalten, und so das Kind vor dem traurigen Loose der Taubstummheit zu bewahren suchen. Hand in Hand damit muß natürlich die sorgfältigste ärztliche Behandlung gehen, um den Rest des Gehörs noch zu erhalten.

IV. Kapitel.

Ueber die Pflege des Ohres.

Krankheiten sind in der Regel leichter zu verhüten, als zu heilen. Möchte die Wahrheit dieses Satzes immer mehr gewürdigt und — auch darnach gehandelt werden. Der Beruf der Aerzte wird vom Publikum häufig schief aufgefaßt und in ihrer gegenwärtigen, mehr merkantilischen Stellung vermögen sie allerdings der Menschheit noch nicht das zu leisten, was sie ihr unter anderen Verhältnissen leisten könnten; ihr Rath kommt oft zu spät, d. h. man wendet sich erst an sie, wenn das Uebel schon da ist. Die Aerzte sind aber nicht bloß da, das fait accompli, die Krankheit zu bekämpfen, ihre schönere, dankbarere Aufgabe besteht vielmehr darin, die Gesundheit der ihnen Anvertrauten, soweit es in den jeweiligen Verhältnissen möglich ist, zu erhalten. Ihre Erfahrungen und ihre Fachkenntnisse sollten allen ihren Klienten jederzeit beistehen, und vermöchten dieselben vor manchem Uebel zu bewahren. Wie viele Vorurtheile, wie viele schädlichen Mißbräuche sind noch zu beseitigen! Ich bin überzeugt, daß die Lehre von der Erhaltung der Gesundheit mit Allem, was daran hängt, für die menschliche Gesellschaft noch nutzbringender werden wird, als die Lehre von der Heilung der Krankheiten. Wenn man auch in dieser Hinsicht mit Befriedigung auf die Leistungen der Neuzeit blicken darf, so bleibt immerhin auf diesem Gebiete noch sehr viel zu arbeiten, für uns Aerzte sowohl, als für die Andern, denn erst, wenn die Grundsätze der Gesundheitslehre mehr oder weniger zum Gemeingut Aller geworden sind, erst dann wird sie wirklich zum Segen für die Menschheit werden. Es ist dies eine hohe Aufgabe, welche der Mitwirkung Aller werth ist, und besonders die Aerzte dürfen nicht müde werden, immer und immer wieder — tauben Ohren zu predigen.

Wenden wir uns nun zu unserem näheren Thema, zur Pflege des Ohres.

Ein Hauptfeind des Ohres ist die Kälte. Nach Allem, was wir wissen, scheint das Ohr gegen Kälte sehr empfindlich zu sein, wobei allerdings seine Lage, die es den äußeren Einflüssen besonders preisgibt, in Betracht zu ziehen ist. In nördlichen Klimaten sollen Ohrenkrankheiten häufiger vorkommen, als im Süden, ebenso beim männlichen Geschlechte häufiger, als beim weiblichen, was theils der den Ohren keinen Schutz gewährenden Kopfbedeckung, theils dem Umstande zugeschrieben wird, daß die Männer durch ihre Lebensstellung den schädlichen Einflüssen der Witterung mehr ausgesetzt sind. Die Kälte kann sowohl direkt das Ohr treffen und Krankheiten desselben hervorrufen, als auch indirekt durch Erzeugung von Katarrhen der Nase und des Rachens, die sich dann auf das Ohr fortpflanzen. Besonders schädlich wirkt kalter Luftzug, der die Ohren trifft, kalter Wind, oder das Sitzen an offenen Fenstern bei Zugluft, auch das Einbringen von kaltem Wasser beim Baden hat schon häufig Ohrenkrankheiten hervorgerufen.

Was soll man nun thun? Soll man sich bei jedem kalten Lüftchen die Ohren verbinden oder mit Baumwolle verstopfen? Nein, denn dadurch würde man sich des Vortheils berauben, den man als Breite der Gesundheit zu bezeichnen pflegt. Darunter versteht man nämlich eine gewisse Widerstandsfähigkeit unseres Körpers gegen schädliche, äußere Einflüsse. Es ist aber klar, je größer diese Widerstandsfähigkeit ist, desto geringer ist die Gefahr zu erkranken. Eine gewisse Abhärtung ist daher ganz am Platze, nur muß man wissen, wie weit man im einzelnen Falle gehen darf, sonst ist sie ein zweischneidiges Schwert, das anstatt zur Befestigung, zur Schwächung der Gesundheit führt. Bestimmte Vorschriften lassen sich nicht wohl geben. Am besten ist es, wenn auf eine vernünftige Abhärtung schon von Jugend auf hingearbeitet wird, ich sage auf eine vernünftige, denn viele Kinder verlangen schon von Geburt an große Sorgfalt und können nur nach und nach gekräftigt werden. Ebenso verhält es sich in späteren Jahren. Zartere Naturen, die von Kindheit an an alle

Bequemlichkeiten unserer weichlichen Zeit gewöhnt sind, werden es in der Abhärtung nie so weit bringen, als andere, die von Jugend auf durch eine harte Schule des Lebens gegangen und im Wetter und Sturm gestählt worden sind. Die Hauptsache bei solchen Abhärtungsversuchen ist übrigens die Wahl des richtigen Zeitpunktes für den Anfang und der allmählige Uebergang.

Bis zu welchem Grade soll man nun das Ohr vor Kälte schützen? Das Vernünftigste wäre eine zweckmäßige Kopfbedeckung mit Ohrenklappen für den Winter. Da aber die gegenwärtige Mode den Ohren, wenigstens beim männlichen Geschlechte, keinen Schutz gibt, so wird man sich sonst helfen müssen. Ein kleiner Vorrath von Baumwolle in der Westentasche zum Verstopfen der Ohren bei großer Kälte oder starkem Winde ist Jedermann zu empfehlen, und hätte — dessen bin ich überzeugt — schon manches schmerzhafte Ohrenleiden verhütet. Diese Vorsicht ist besonders allen Denen dringend anzurathen, deren Ohren bereits leidend oder sonst gegen Kälte empfindlich sind. Dagegen muß ich davor warnen, sich die Ohren auch im Zimmer beständig zu verstopfen, besonders bei Ohrenfluß ist dies von Nachtheil. Beim Baden im kalten Wasser, besonders beim Untertauchen ist ebenfalls etwas Baumwolle[1]) in die Ohren zu legen, um das Eindringen des Wassers zu verhüten. Wer aber bereits an einem Ohrenübel leidet, besonders an durchlöchertem Trommelfell, sollte das Untertauchen streng vermeiden. Ebenso sind Ohrenkranke vor dem Gebrauch von Kaltwasserkuren zu warnen.

Zum Zwecke der Reinigung darf das Ohr jederzeit mit kaltem Wasser gewaschen werden, nur soll man dasselbe sorgfältig abtrocknen und sich nicht unmittelbar nachher der freien Luft aussetzen. Man muß übrigens nicht glauben, daß die kleinste Menge von Ohrenschmalz stets ängstlich entfernt werden müsse mit allerhand Instrumenten (Ohrlöffeln, Haarnadeln ꝛc.), wie dieß häufig geschieht. Für gewöhnlich lösen sich die Ohrenschmalz-

---

[1]) Ganz passend ist es, sie zu diesem Zweck mit einem feinen Oel zu befeuchten, doch enthält die Baumwolle an und für sich schon einen Fettstoff, daher sie vom Wasser weniger leicht durchtränkt wird, als die Leinwand.

ſchuppen von ſelbſt und fallen dann heraus, oder laſſen ſich durch Rütteln mit dem Finger leicht entfernen, auch ſcheint eine gewiſſe Quantität Ohrenſchmalz dem Gehöre dienlich zu ſein. Hat ſich aber in der Tiefe des Ohres ein Pfropf gebildet, ſo nützen auch die Ohrlöffel nichts, da ſie nicht ſo tief eingeführt werden dürfen, in dieſem Falle kann nur das Ausſpritzen helfen.

Neben der Kälte ſind beſonders ſtarke Schalleindrücke dem Ohre nachtheilig. Daß durch die ſtarke Erſchütterung der Luft, beim Abfeuern einer Kanone, das Trommelfell platzen kann, haben wir oben geſehen.

Um ſich bei ſolchen Gelegenheiten zu ſchützen, ſoll man ſich die Ohren mit Baumwolle verſtopfen und während des Losfeuerns bei geſchloſſener Naſe und Mund Luft nach der Paukenhöhle treiben (ſog. Valſalva'ſcher Verſuch, ſiehe pag. 33), wodurch der in den Gehörgang einſchlagenden Luftwelle von innen ein Widerſtand entgegen geſetzt wird.

Aber auch abgeſehen von einer Zerreißung des Trommelfells ſind grelle Schalleindrücke dem Ohre ſchädlich. Bekanntlich führen lärmende Berufsarten mit der Zeit gewöhnlich zu Schwerhörigkeit, ſo bei Schmieden, Arbeitern in Maſchinenwerkſtätten, Spenglern, Müllern ꝛc. Zwar kennen wir die Veränderungen, die das Gehörorgan dabei erleidet, noch ſehr wenig, aber man nimmt gewöhnlich an, daß der Gehörnerv überreizt, und mehr oder weniger gelähmt werde. Beſonders für die zarten Ohren kleiner Kinder kann zu greller Schall, z. B. ſchmetternde Muſik, leicht verderblich werden und es iſt dies um ſo mehr zu beachten, als die Vorliebe der Kindermädchen für das Militär, ſowie für alle rauſchenden, feſtlichen Anläſſe bekannt iſt.

Das Ohr iſt ferner mancherlei mechaniſchen Beleidigungen ausgeſetzt. Wir haben oben geſehen, wie verderblich eine Ohrfeige für das Trommelfell werden kann und hier will ich hinzufügen, daß daraus noch andere ſchlimme Folgen erwachſen können. Man ſchlage deßhalb Kinder nie auf die Ohren und hüte ſich auch, ſie gewaltſam daran zu zerren. Das, wie Rau ſagt, an die Gebräuche der Wilden erinnernde Tragen von Ohrringen iſt im Ganzen nicht ſchädlich, doch ſind in der Literatur ein paar Fälle verzeichnet, wo Starrkrampf und andere üble

Zufälle darnach auftraten. Wenn man daher von dieser Unsitte nicht lassen will, so sorge man wenigstens, daß das Durchstechen des Ohres nur mit reinen Instrumenten und von kundiger Hand ausgeführt wird. Ich will hier gleich noch einer andern Unsitte erwähnen, des Tabakschnupfens nämlich. Viele Schwerhörende sind der Ansicht, daß dasselbe günstig auf ihr Uebel einwirke; ein fataler Irrthum, denn das Schnupfen verursacht eine entzündliche Reizung der Nasen- und Rachenschleimhaut mit Verdickung und Auflockerung derselben und dieser Zustand, weit entfernt für das Ohr heilsam zu sein, ist vielmehr demselben, wie wir oben gesehen haben, sehr schädlich.

Dies wären in Kürze die hauptsächlichsten Verhaltungsmaßregeln für das gesunde Ohr.

Von großer Wichtigkeit ist es ferner, Krankheiten des Ohres bei Zeiten zu erkennen, und im Anfang, wo die Heilung meist noch leicht gelingt, ärztliche Hülfe zu suchen. Leider pflegt die Schwerhörigkeit in der Mehrzahl der Fälle unmerklich und schmerzlos heranzuschleichen, so daß sehr häufig Jahre vergehen, ehe der Kranke für nöthig findet, den Arzt zu berathen.

Ich möchte noch auf einen besonderen Umstand aufmerksam machen, der nach meiner Ansicht viel dazu beiträgt, daß der Anfang der Schwerhörigkeit nicht beachtet wird. Man kann nämlich häufig von Eltern die Bemerkung hören, ihr Kind höre ganz gut, wenn es ihm darauf ankomme, besonders das, was es nicht hören sollte; es sei mehr unachtsam und träge, als schwerhörend. Allerdings ist die Aufmerksamkeit von großem Einfluß und es ist bekannt, daß wir schwache Sinneseindrücke nur dann deutlich wahrnehmen, wenn unsere Aufmerksamkeit auf sie gerichtet ist. Aber es ist gerade ein Beweis von der geschwächten Hörkraft des Kindes, daß es seine ganze Aufmerksamkeit anspannen muß, um ein Gespräch zu hören, das ein Anderer mit Leichtigkeit versteht, und dieses gespannte Horchen ist eine Anstrengung, die man kaum einige Stunden, geschweige den ganzen Tag aushält, ohne zu ermüden. Indem nun die Kranken durch vermehrte Aufmerksamkeit ersetzen, was ihnen an Schärfe des Gehörs abgeht, pflegen sie oft die beginnende

Schwerhörigkeit zu übersehen, oder sie für viel geringfügiger zu halten [1]).

Wir haben gesehen, daß die Schwerhörigkeit in den meisten Fällen auf Veränderungen in der Paukenhöhle beruht und daß die beiden natürlichen Zugänge zu derselben, der äußere Gehörgang und der Eustachische Kanal auch die gewöhnlichen Wege sind, auf denen Krankheiten in die Paukenhöhle gelangen. Namentlich ist dies der Fall im jugendlichen Alter. Man sei deßhalb auch bei unschuldig scheinenden Ohrenflüssen auf der Hut und wende sich bei Zeiten an den Arzt; man erinnere sich, daß Ausschläge im Gesicht nicht selten das Ohr ergreifen und in der Tiefe des Gehörgangs Schaden anrichten können. Ebenso schenke man den Krankheiten der Nase und des Rachens besondere Aufmerksamkeit. Kinder, welche häufig an Schnupfen und in Folge dessen an Verstopfung der Nase leiden, so daß sie, um athmen zu können, beständig den Mund offen halten, sind in Gefahr, schwerhörend zu werden. Die Gefahr ist um so größer, wenn eine skrophulöse Anlage vorhanden ist, welche das Uebel ungemein hartnäckig macht. Im Anfange sind solche Zustände stets heilbar, später häufig nicht mehr. Wie selten wird indessen, wenn es sich nicht um ein schmerzhaftes Uebel handelt, der Arzt im Anfange zu Rathe gezogen und man kann oft kaum begreifen, daß sonst gewissenhafte Eltern Jahre lang der überhandnehmenden Schwerhörigkeit ihrer Kinder zusehen, ohne Hülfe dafür zu suchen.

---

[1]) Auch das Auge kommt den Schwerhörenden zu Hülfe, indem sie nämlich die Bewegungen des Mundes beim Sprechen studiren, lernen sie allmälig die Worte von den Lippen ablesen. Manche bringen es darin zu einer großen Fertigkeit.

V. Kapitel.

Von den Hörmaschinen.

Nur wenige von der großen Zahl solcher Instrumente sind von wirklichem Nutzen. Zur besseren Uebersicht will ich sie folgendermaßen eintheilen:

A. Vorrichtungen, welche die fehlerhafte Schallleitung im Ohre selbst verbessern. Es wäre dies die nützlichste Art von Hörmaschinen, wir kennen aber bis zur Stunde nur eine einzige Vorrichtung, welche diese Aufgabe erfüllt, nämlich das künstliche Trommelfell (oder das Wattekügelchen), von dessen günstiger Wirkung bei durchlöchertem Trommelfell oben die Rede war.

B. Vorrichtungen, welche die Ohrmuschel mehr vom Kopfe abheben und dadurch die Aufnahme der (von vorn kommenden) Schallwellen begünstigen sollen, sog. Ohrklemmen und Ohr-kissen. Ihr Nutzen ist nicht groß, wie überhaupt die Ohrmuschel nur wenig zur Verstärkung des Schalles beiträgt. Bekanntlich pflegen Schwerhörende, um besser zu hören, die Hand mit nach vorn gerichteter Hohlfläche hinter das Ohr zu setzen. Dadurch wird allerdings der Abstand der Ohrmuschel vom Kopfe ver-größert, es wird aber auch — und dies ist wohl das wichtigere Moment — die Fläche des Ohres durch die Hand vergrößert, was bei den Ohrklemmen nicht der Fall ist. Die bekannteste derselben ist das von Webster in London herrührende, unter dem Namen Otaphon bekannte Instrument. Dasselbe ist von Silber, der hinteren Fläche der Ohrmuschel angepaßt, und hält sich selbst durch einen schnabelförmigen Vorsprung.

C. Brauchbarer erweisen sich die Schallfänger oder Hör-rohre, deren Zweck es ist, möglichst viele Schallwellen aufzufangen und ins Ohr zu leiten. Die große Zahl der hieher gehörenden

Inſtrumente kann man in zwei Hauptgruppen eintheilen, nämlich in ſolche, die mit der Hand gehalten werden müſſen, und ſolche, die ſich von ſelbſt am Kopfe halten.

Die erſteren ſind die bekannten Hörrohre, welche die Geſtalt eines langgeſtreckten Trichters haben und der Bequemlichkeit wegen aus mehreren Stücken beſtehen, die ſich wie ein Fernrohr in einander ſchieben laſſen. Man verfertigt ſie am beſten von Holz, Hartgummi, Papiermaché, oder auch nur von Pappdeckel. Zweckmäßig iſt auch die in Fig. 6 abgebildete Form, die aus einem 2—3' langen Gummiſchlauch beſteht, an deſſen Ende ſich ein hölzerner Trichter von 2½—3" Durchmeſſer befindet. Das freie Ende des Schlauches kann man mit einem olivenförmigen Anſatze (von Bein oder Horn) verſehen, es iſt aber ebenſo bequem, ſich einfach das Ende des Schlauches, den man von paſſender Dicke auswählen muß, in's Ohr zu ſtecken. Das trichterförmige Ende bietet man der Perſon, mit der man ſich unterhalten will, dieſelbe muß ſich aber hüten, nicht zu nahe und nicht zu laut in den Becher hinein zu rufen, da dies für das Ohr ſchmerzhaft, ſelbſt ſchädlich zu ſein pflegt. Dieſe Vorrichtung, die allerdings nur für ſehr Schwerhörende beſtimmt iſt, läßt ſich für beſondere Fälle zweckmäßig verbeſſern, z. B. zum Vorleſen oder zur Unterhaltung in einer kleinen Geſellſchaft. Der Schlauch müßte alsdann länger und der Trichter größer ſein und könnte in paſſender Höhe auf dem Tiſch (oder auch an einem Lehnſtuhl) befeſtigt werden.

Während dieſe Hörrohre nur für ſehr hohe Grade von Schwerhörigkeit berechnet ſind, können die folgenden, die ſich von ſelbſt halten, auch von weniger Tauben benützt werden. Die beſten derſelben ſind unſtreitig die von Rein in London verfertigten, in Fig. 7 abgebildeten ear-trumpets, die ſich mir in manchen Fällen ſehr nützlich erwieſen haben. Sie ſind von ganz dünnem Metallblech, mit ſchwarzem Seidenzeug überzogen und ſchmiegen ſich ſehr gut am Kopfe an. Durch die verſchiebbare Feder, die über den Scheitel geht, wird der Apparat ſo befeſtigt, daß die elfenbeinernen, olivenförmigen Zäpfchen genau in die Gehörgänge paſſen. Der Apparat wird in verſchiedenen Nummern

verfertigt, doch sind nur die kleineren gangbar, die sich bei Da=
men durch die Haarfrisur vollständig verdecken lassen; es ist
nämlich eine allen Ohrenärzten bekannte Thatsache, daß Schwer=
hörende in der Regel sich leichter entschließen, ihr Uebel zu er=
tragen, als daß sie sich dazu verstehen, ihr Gebrechen durch einen
irgendwie auffallenden Apparat zu verrathen.

Ich will hier noch die bekannten Abrahams erwähnen,
die in Fig. 8 in natürlicher Größe abgebildet sind. Ihrer Klein=
heit wegen können sie unmöglich durch Sammlung der Schall=
wellen etwas leisten und nach der Meinung der Ohrenärzte kann
ihre Wirkung einzig darin bestehen, daß sie die Lichtung des
Gehörgangs offen halten in Fällen, wo derselbe durch Erschlaffen
und Zusammensinken seiner häutigen Auskleidung verschlossen ist.
Da diese Fälle aber ungemein selten vorkommen, so ist auch der
Nutzen der kleinen Instrumente fast immer nur illusorisch und
in allen mir bekannten Fällen, wo dieselben zur Anwendung
kamen, haben sie durchaus nichts geleistet. Dessenungeachtet
werden sie, da sie in allen Zeitungen auf die verlockendste Weise
angepriesen werden und sich wegen ihrer Kleinheit leicht verdecken
lassen, häufig gekauft.

Man wird überhaupt wohl thun, stets den Arzt darüber zu
befragen, ob im gegebenen Falle der Gebrauch eines Hörrohres
zulässig, und welches die geeignetste Form sei.

Erklärungen der Abbildungen.

(Die Buchstaben sind für alle Figuren gültig.)

a. Aeußerer Gehörgang.
b. Trommelfell.
c. Hammer.
d. Ambos.
e. Steigbügel.
f. Ovales Fenster.
g. Rundes Fenster.
h. Paukenhöhle.
i. Innere Wand (Labyrinthwand) der Paukenhöhle.
k. Eustachischer Kanal.
l. Vorhof.
m. Bogengänge.
n. Vorhofstreppe der Schnecke.
o. Paukentreppe der Schnecke.
p. Scheidewand der Schnecke.
q. Schnecke.
r. Gehörnerv.
s. Rachen.
t. Knorpelringe des Gehörgangs.
u. Knochen.
v. Weichtheile.
w. Der kleine Muskel des Steigbügels.
x. Knöcherne Decke der Paukenhöhle.
y. Bänder, welche den Hammerkopf und den Ambos an die Decke der Paukenhöhle befestigen.
z. Zusammenhang der Paukenhöhle mit den Zellen des Warzenfortsatzes.
A. Zellen des Warzenfortsatzes.
B. Gehirn.
C. Ueberzug des Hirns (Hirnhaut).
D. Ueberzug des Knochens (Knochenhaut).

E. Die beiden häutigen Säckchen des Vorhofs, an deren Außenfläche sich ein
   Ast des Hörnerven verzweigt. Bei J sieht man die auf der Innenseite
   des Säckchens befindlichen Otolithen, den Gehörsand, b. h. ein Häufchen
   feiner Kalkkrystalle.
F. Die häutigen Bogengänge, an deren flaschenförmigem Anfange F′ sich Aeste
   des Hörnerven verzweigen.
G. Knöcherner Theil der Scheidewand der Schnecke.
H. Häutiger Theil der Scheidewand der Schnecke.
J. Hörsteine.
K. Oeffnung, durch welche beide Schneckentreppen zusammenhängen.
L. Knöcherner Bogengang.

  Fig. 1 ist ein schematischer Durchschnitt durch das Gehörorgan, und soll
die Anordnung der einzelnen Theile im Zusammenhange klar machen. Die
Einfügung des Steigbügels in das ovale Fenster, sowie die Art und Weise,
wie sich die Schallschwingungen durch das Labyrinth hindurch fortpflanzen, ist
hier deutlich zu sehen.

  Fig. 2 zeigt die Theile in natürlicher Größe und Form, wie sie sich auf
einem senkrechten Durchschnitt in der Richtung von einem Ohr zum anderen
darstellen. Man sieht in der ersten Hälfte des Gehörganges die Mündungen der
Ohrenschmalzdrüsen, dann das Trommelfell, durch welches die langen Fortsätze
des Hammers und Amboses durchscheinen. Das Labyrinth ist als ein Ganzes
aus der übrigen Knochenmasse des Felsenbeins herausgemeißelt (vergl. pag. 8),
wie in Fig. 4, es ist jedoch nicht geöffnet. Man sieht den Gehörnerven (r)
vom Gehirn her in das Felsenbein eindringen, von wo er sich unmittelbar in
das Innere des Labyrinths begiebt. Aus der Paukenhöhle, die hier allerdings
weniger als Höhle erscheint, da ihre Wände, um das Labyrinth deutlich zu
machen, größtentheils weggebrochen sind, führt der Eustachische Kanal nach vorn
und innen und mündet in den Rachen, s ist ein Theil der hinteren
Rachenwand.

  Fig. 3 zeigt die Paukenhöhle mit den darin befindlichen Theilen um die
Hälfte vergrößert. Der Knochen und die Weichtheile sind in einer senkrechten
Ebene von hinten nach vorn durchschnitten, parallel mit der Fläche der Ohr-
muschel. Die Schnittfläche fällt unmittelbar vor das Trommelfell, welches, um
eine Einsicht in die Paukenhöhle zu gestatten, theilweise weggenommen ist.
Man sieht, wie dünn die Knochenplatte (x) ist, welche die Paukenhöhle vom
Gehirne trennt, man sieht ferner den Zusammenhang der ersteren mit den ma-
schigen Hohlräumen des Warzenfortsatzes.

  Fig. 4 zeigt in vergrößertem Maßstabe das geöffnete Labyrinth, welches
wie in Fig. 2 aus der umgebenden Knochenmasse herausgemeißelt worden ist.

Fig. 5 zeigt ein Toynbee'sches künstliches Trommelfell in natürlicher Größe.

Fig. 6 ist ein Hörrohr (Gummischlauch mit Trichter).

Fig. 7 stellt einen englischen Schallfänger (ear-trumpet) dar.

Fig. 8 zeigt in natürlicher Größe ein sog. Abraham porte-voix.

Fig. 4 ist dem Arnold'schen Atlas entnommen, Fig. 2 und 3 ebenfalls, jedoch mit einigen Abänderungen und Zuthaten im Interesse größerer Deutlichkeit für den Laien.

Druck von Gebr. Lohbauer in Neumünster.

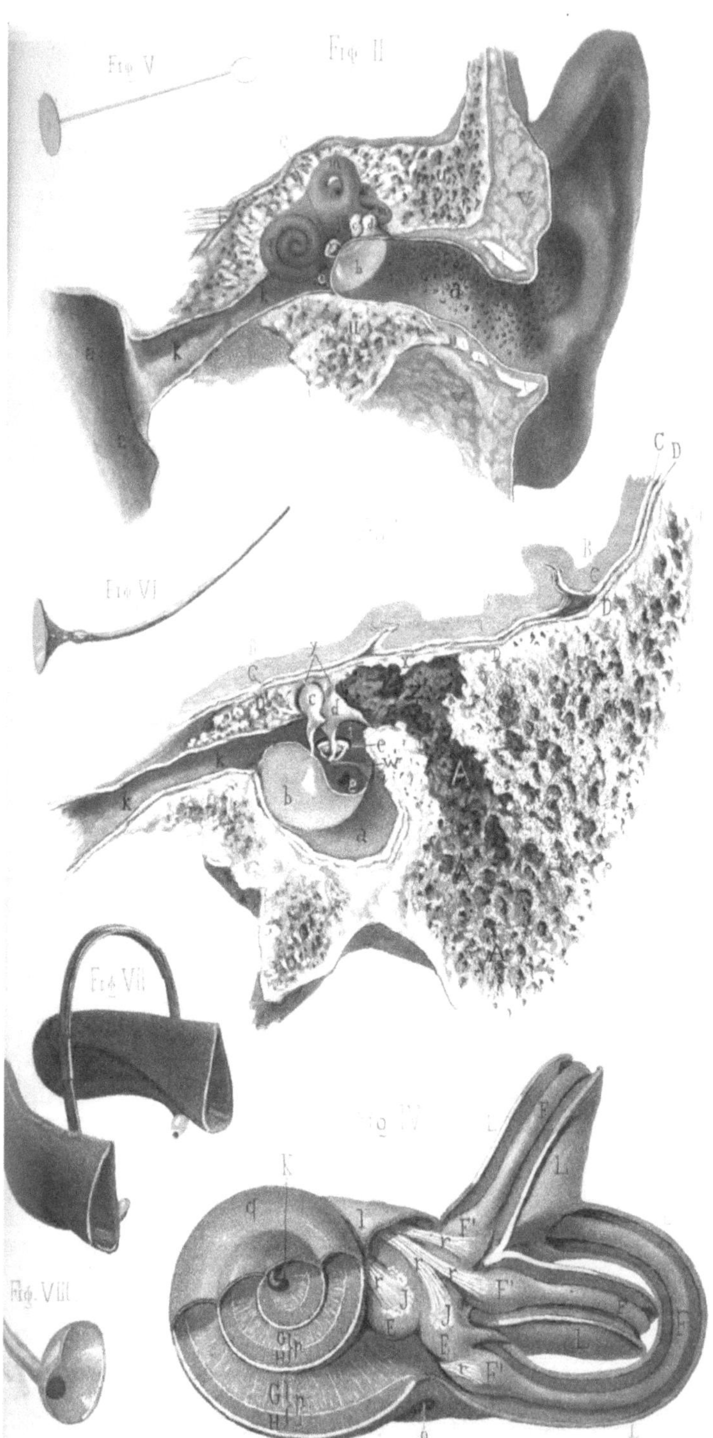

Fig V
Fig II
Fig VI
Fig VII
Fig VIII